Nikolaj Leskóv

L'angelo sigillato

L'ebreo in Russia. Alcune note sulla questione ebraica

(1873-1883)

a cura di Bruno Osimo

Titolo originale dell'opera: Запечатлённый ангел; Еврей в России: Несколько замечаний по еврейскому вопросу
Traduzione dal russo di Bruno Osimo

Bruno Osimo è un autore/traduttore che si autopubblica

La stampa è realizzata come print on sale da Kindle Direct Publishing

ISBN 9788898467884 per l'edizione cartacea
ISBN 9788898467303 per l'edizione elettronica

Contatti dell'autore-editore-traduttore: osimo@trad.it

Traslitterazione

La traslitterazione dei nomi è fatta in base alla norma ISO 9:

â si pronuncia come 'ia' in 'fiato' /ja/
c si pronuncia come 'z' in 'zozzo' /ts/
č si pronuncia come 'c' in 'cena' /tɕ/
e si pronuncia come 'ie' in 'fieno' /je/
ë si pronuncia come 'io' in 'chiodo' /jo/
è si pronuncia come 'e' in 'lercio' /e/
h si pronuncia come 'c' nel toscano 'laconico' /x/
š si pronuncia come 'sc' in 'scemo' /ʂ/
ŝ si pronuncia come 'sc' in 'esci' /ɕː/
û si pronuncia come 'iu' in 'fiuto' /ju/
z si pronuncia come 's' in 'rosa' /z/
ž si pronuncia come 's' in 'pleasure' /ʐ/

Sommario

L'angelo sigillato

Capitolo primo

Si era dopo Natale, alla vigilia della sera di San Vasilij 15. Il tempo faceva le bizze in maniera del tutto impietosa. Una tormenta crudelissima col vento basso, di quelle per cui sono famosi gli inverni della steppa dell'Oltrevolga, aveva costretto molte persone in una solitaria locanda, che si ergeva come un orfano nel mezzo della steppa liscia e sconfinata. Qui si ritrovarono ammassati nobili, mercanti e contadini, russi, e mordvini e ciuvasci. Osservare i gradi e i ranghi in un simile rifugio notturno era impossibile: dovunque ti giri, dappertutto si sta stretti, gli uni si asciugano, altri si scaldano, altri ancora cercano almeno un posticino piccolo dove sistemarsi; nell'isbà scura, bassa, strapiena di gente si soffoca e c'è il denso vapore dei vestiti umidi. Di posti liberi non se ne vedono da nessuna parte: sui soppalchi, sulla stufa, sui banconi e perfino sul pavimento di terra sporco, dappertutto è sdraiato qualcuno. Il padrone, un mugìk severo, non era contento né degli ospiti, né del guadagno. Dopo avere sbattuto arrabbiato la porta davanti all'ultima slitta entrata nel cortile con due mercanti, chiuse la porta col lucchetto e, appesa la chiave sotto lo scaffale delle icone, disse con fermezza:

«Beh, ora può venire chi vuole, potrebbe anche prendere la porta a testate, ma io non gli apro».

Fece appena in tempo a dirlo, a togliersi di dosso l'ampia pelle di pecora, a farsi un segno della croce grande alla maniera antica[16] e ad apprestarsi a strisciare sulla stufa calda, che una mano timida si mise a bussare sul vetro.

«Chi c'è?» rispose con voce forte e scontenta il padrone.

«Siamo noi» giunse sorda la risposta da dietro la finestra.

«O-oh, che cos'altro volete?»

«Facci entrare, in nome di Cristo, ci siamo persi... siamo congelati».

«E siete in tanti?»

«Non tanti, non tanti, una diciottina in tutto, una diciottina» diceva dietro la finestra, balbettando e battendo i denti, un uomo evidentemente del tutto congelato.

«Non ho dove mettervi, già così tutta l'isbà è strapiena di gente».

«Lasciaci entrare almeno a scaldarci un po'!»

«Ma chi è che siete?»

«Cocchieri».

«A vuoto o col carico?»

«Col carico, caro mio, trasportiamo pelle».

«Pelle! trasportate pelle, e chiedete di pernottare in un'isbà? Oh, in Rus' c'è in giro di quella gente! Andatevene via!»

«Ma cosa devono fare?» domandò un uomo di passaggio, sdraiato sotto una pelliccia d'orso sul bancone superiore.

«Stendere la pelle e dormirci sotto, ecco cosa devono fare» rispose il padrone e, dopo avere imprecato ancora per benino contro i cocchieri, si sdraiò immobile sulla stufa.

L'uomo di passaggio sotto la pelle d'orso con un tono di assai energica protesta accusò il padrone di crudeltà, ma quello non degnò quell'osservazione della minima risposta. Però al suo posto rispose da un angolo lontano un omettino piccolo, fulvo, con una barbetta aguzza, a cuneo.

«Gentile signore, non giudicate male il padrone» cominciò «parla per esperienza e dà buoni consigli, con la pelle si sta al sicuro».

«Sì?» rispose interrogativamente l'uomo di passaggio da sotto la pelle d'orso.

«Perfettamente al sicuro, signore, ed è meglio per loro, che non li faccia entrare».

«E come mai?»

«Perché ora un consiglio utile l'hanno avuto, mentre invece qualche altro indifeso, se arriverà, troverà un posticino».

«Ma quanti diavolo vuoi che ce ne mandino, ancora?» disse la pelliccia.

«Senti un po', tu» rispose il padrone «smettila di cianciare a vanvera. Com'è possibile che il maligno ci mandi qualcuno, con un santuario del genere? Non lo vedi che c'è sia l'icona del Salvatore sia la faccia della Madonna?»

«Questo è vero» confermò l'omettino fulvo. «I salvati non vengono condotti dal maligno, ma diretti dall'angelo».

«Quello non l'avrei mai detto e, dato che qui mi fa schifo, non voglio credere che mi ci abbia portato il mio angelo» rispose la loquace pelliccia.

Il padrone si limitò a sputare arrabbiato, mentre il fulvetto disse bonario che non tutti sono in grado di vedere la strada dell'angelo e che solo un vero esperto ne può avere cognizione.

«Ne parlate come se aveste fatto un'esperienza del genere di persona» disse la pelliccia.

«Sissignore, l'ho fatta io».

«In che senso: avete visto forse l'angelo, e lui vi guidava?»

«Sissignore, io l'ho proprio visto, e lui mi dirigeva».

«Ma insomma, scherzate o parlate per ridere?»

«O Dio, guardami dallo scherzare su faccende del genere!»

«Allora che cos'è che avete visto di preciso: come vi è apparso l'angelo?»

«Gentile signore, è tutta una grande storia».

«Lo sapete, qui addormentarsi è decisamente impossibile, perciò fareste benissimo a raccontarcela subito, questa storia».

«Come volete, signore».

«Allora raccontate, per favore: vi ascoltiamo. Ma però perché ve ne state in ginocchio, venite qui da noi, che in una maniera o nell'altra ci stringiamo e ci sediamo insieme».

«Nossignore, di questo vi ringrazio, signore! Perché stringervi, che perdipiù la storia che vado a raccontarvi è più adatta da raccontare stando in ginocchio, perché è una faccenda assai sacra e perfino spaventosa».
«Beh, come volete, però raccontate subito come avete potuto vedere l'angelo e che cosa vi ha fatto».
«Come volete, signore, comincio».

Capitolo secondo

«Io, come potete senz'altro vedere, sono proprio un uomo da poco, nulla più che un mugìk, e l'istruzione l'ho ricevuta secondo la mia condizione, roba da campagnoli. Non sono di qui, ma vengo di lontano, sono artigiano costruttore in pietra, sono stato cresciuto nella vecchia credenza russa. Dato che ero orfano, fin da piccolo sono partito con i miei compaesani a fare lavori stagionali e ho lavorato in vari posti, ma sempre con lo stesso cantiere, dal nostro contadino Lukà Kirìlov. Questo Lukà Kirìlov è vivo fino a tutt'oggi: tra noi, è il più importante di quelli che danno lavoro. Il mestiere ce l'aveva dai tempi antichi, l'aveva ereditato ancora dai padri, e lui non l'ha disperso, ma l'ha moltiplicato e si è fatto un granaio grande e meraviglioso, ma era ed è un uomo fantastico e non facile all'offesa. Dov'è che non siamo stati, con lui? Mi sembra che abbiamo girato tutta la Russia, ma da nessuna parte ho visto un padrone migliore e più posato di lui. E vivevamo con lui nella patriarchia più tranquilla, e lui ci dava lavoro e ci faceva da maestro di mestiere e di fede. I nostri viaggi verso i lavori noi li percorrevamo con lui come i giudei[17] nelle loro pellegrinazioni nel deserto con Mosè, persino la nostra arca avevamo con noi e non ce ne separavamo mai: ossia avevamo con noi la nostra «benedizione divina». Lukà Kirìlov amava con passione le icone sacre, e aveva, pregevoli signori, icone sempre le più meravigliose, di stile assai artistico, antico, o autentico greco, o dei primi isografi novgorodesi o degli Stróganov. Un'icona accanto all'altra icona splendevano meglio non tanto per via della *riza*[18], quando per la finezza e l'armoniosità dell'arte miracolosa. Qualcosa di tanto elevato poi non l'ho vista da nessuna parte!

E c'erano con i nomi diversi sia i déisus[19], sia il Salvatore fatto non da mano, con i capelli bagnati, e i santi, e i martiri, e gli apostoli, e più miracolose di tutte le icone con tante figure con gli atti, come per esempio: l'Indikt[20], le feste, il Giudizio universale, i Santi, i Concili, il Padre, i Sei giorni, il Taumaturgo, la Settimana santa con i novissimi, la Trinità con l'adorazione di Abramo alla quercia di Mamre e, insomma, una maestosità da non dirsi, e di icone del genere oggi non se ne dipingono più, né a Mosca, né a Pietroburgo, né a Pàlichovo[21]; e della Grecia non è nemmeno il caso di parlare, perché là questa scienza si è persa da tempo. Tutto questo santuario noi l'amavamo d'un amore appassionato, e in comune ci facevamo bruciare davanti l'olio sacro, e a spese del nostro cantiere mantenevamo un cavallo e un carro speciale sul quale trasportavamo questa benedizione divina in due grandi bauli ovunque andassimo. Specialmente avevamo due icone, una tratta dalle trasposizioni greche degli antichi maestri presso gli zar di Mosca; la santissima Patrona prega nel giardino, e davanti a lei tutti gli alberi cipressi e olivi si inchinano fino a terra; e l'altra con l'angelo protettore, opera di Stróganov. È da non dirsi quale arte fosse in tutti e due questi dipinti sacri! Guardi la Patrona, vedi che davanti alla sua purezza gli alberi senza vita si inchinano, il cuore si scioglie e trepida; guardi l'angelo... una gioia! Questo angelo era davvero qualcosa d'indescrivibile. La sua faccia, la vedo come fosse adesso, piena di luce divina e così pronta a venire in aiuto; lo sguardo mite; le orecchie con la scia dell'ascolto[22] ovunque e da tutte le direzioni; i vestiti bruciano, la tunica è decorata d'oro e di pietre; l'armatura è di penne, le cinghie intorno alle spalle; sui seni il volto infantile dell'Emanuele; nella mano destra una croce, nella sinistra una spada di fuoco. Prodigioso! prodigioso!.. I capelli sulla testa sono riccioli biondo chiaro, sono scesi dalle orecchie e sono stati disegnati capello dopo capello con un aghetto. Le ali sono spaziose e bianche come la neve e di sotto azzurro chiaro, penna per penna, e nella barbetta di ogni penna baffetto per baffetto. Guardi queste ali, e la tua paura se ne va chissà dove: preghi "proteggimi" e subito ti tranquillizzi tutto, e nell'animo ti viene la pace. Sapeste che icona che era! Ed erano per noi queste due icone tali quali per i giudei il santuario, adornato dall'arte miracolosa di Bezalèel[23]. Tutte quelle icone di cui ho parlato prima le trasportavamo in un vagone speciale con un cavallo, e queste due addirittura non le mettevamo nemmeno sul carro, ma le portavamo a mano: la patrona la portava sempre con sé Mihàjlica, moglie di Lukà Kirìlov, mentre la raffigurazione dell'angelo la conservava sul petto Lukà in persona. Aveva un astuccio di broccato fatto apposta per questa icona di stoffa scura di tanti colori tessuta in casa e con i bottoni, e sul davanti una croce scarlatta di autentica stoffa, e sul davanti cucito un cordone grosso di seta verde per allacciarlo intorno al collo. E dunque l'icona così mantenuta, dappertutto, dovunque andassimo, ci precedeva tutti sul petto di Lukà, come se fosse l'angelo stesso a farci strada. Certe volte magari, stiamo andando da posto a posto, a un lavoro nuovo per le steppe, Lukà Kirìlov davanti a tutti agita l'asta graduata[24] a mo' di bastone, e dietro di lui sul carro c'è Mihàjlica con l'icona della Madonna, e dietro di loro procediamo noi tutti del cantiere, e qui nel campo c'è erba, i fiori nei prati, là pascola il gregge, e il pastore suona la *svirél*[25]... insomma, una vera delizia per il cuore e la ragione! Tutto ci andava benone, e prodigioso era il successo che avevamo in ogni faccenda: i lavori li trovavamo sempre buoni; tra di noi c'era armonia; da quelli di casa venivano sempre notizie tranquille; e per tutto questo noi benedicevamo l'angelo che ci precedeva, e ci sembrava che sarebbe stato più difficile separarci dalla sua icona miracolosissima che dalla nostra vita.

E potevamo forse immaginare che ci fosse un modo, per qualsivoglia caso, in cui saremmo stati privati di questo nostro preziosissimo santuario? E invece questo dolore ci aspettava, e ci veniva apparecchiato, come solo dopo abbiamo capito, non dalla codardia umana, ma dalle cure di colui che ci indicava il cammino. Lui stesso si è augurato la mortificazione, per farci sentire sacramente la mortificazione e così indicarci il cammino vero al cospetto del quale tutti i cammini fino a questo momento percorsi da noi erano una foresta scura e senza tracce. Ma permettetemi di sapere se il mio racconto è avvincente e se io non affatico per nulla la vostra attenzione.»

«No, ma cosa dite, ma cosa dite: fate il favore, continuate!» esclamammo noi, interessati da questo racconto.

«Permettete, signori, vi obbedisco e comincio come so a esporre i prodigi prodigiosi che ci sono venuti dall'angelo.

Capitolo terzo

Siamo arrivati per grandi lavori vicino a una grande città, su una grande acqua che scorre, sul fiume Dnepr, per costruire un ponte di pietra grande e oggi assai famoso. La città sta sulla riva destra, scoscesa, mentre noi stavamo sulla riva sinistra, quella coi prati, quella in disparte, e ci è comparso davanti tutto un paesaggio miracoloso: antichi santuari, monasteri santi con molte sacre reliquie; giardini folti e alberi tali quali sono disegnati nelle illustrazioni dei libri antichi, ossia pioppi dalla punta aguzza. Guardi tutto questo e ti sembra che qualcuno si metta a solleticarti il cuore, tanto è bello! Sapete, naturalmente, noi siamo gente semplice, ma la stupendità della natura creata da Dio la percepiamo lo stesso.

Ed ecco, signori, questo posto ci è piaciuto così tanto, che noi quello stesso primo giorno abbiamo cominciato a costruirci un'abitazione temporanea, prima abbiamo piantato alti pali, perché era un posto basso, proprio sotto l'acqua, poi su quei pali abbiamo messo insieme una camera, e poi accanto la dispensa. In camera abbiamo messo tutto il nostro santuario come si deve, secondo la legge dei padri: lungo una parete abbiamo aperto l'iconostasi pieghevole a tre strati, il primo da inchinarsi per le icone grandi, e sopra due file per le più piccole, e così abbiamo innalzato, come si deve, una scala su proprio fino alla crocifissione, e abbiamo messo l'angelo sull'*analógij*[26] sul quale Lukà Kirìlov leggeva le scritture. Lukà Kirìlov e Mihàjlica si sono messi a vivere nella dispensa, mentre noi ci siamo divisi la camerata accanto. Guardando noi, la stessa cosa si sono messi a costruire anche gli altri che erano venuti a lavorare a lungo, e così è nata accanto alla grande città ben fondata la nostra cittadina leggera su palafitte. Ci siamo occupati del lavoro, e tutto si è messo ad andare come si deve! i soldi per la paga gli inglesi in ufficio ce li avevano veri; la salute Dio ce l'ha mandata tale che per tutto l'anno non c'è stato nemmeno un malato, e la Mihàjlica di Lukà si è messa perfino a lamentarsi che, dice, non sono contenta nemmeno io di tutta la pienezza che mi è venuta da tutte le parti. Soprattutto, a noi, vecchiocredenti, qui piaceva che, mentre a quel tempo eravamo sottoposti dappertutto a persecuzioni per il nostro rito, qui invece avevamo libertà: qui non ci sono né i capi della città, né quelli della provincia, né i popi; non vediamo nessuno, e nessuno si occupa della nostra religione né la ostacola... Pregavamo a piacimento: lavoravamo le nostre ore e ci riunivamo nella camera, e qui ormai per i molti lumi tutto il santuario splende talmente, che si accende perfino il cuore. Lukà Kirìlov intona l'inizio della benedizione; e noi tutti la riprendiamo, e eleviamo le glorificazioni così tanto, che a volte quando non c'è vento ci sentono da lontano, da oltre il villaggio. E a nessuno dava fastidio la nostra fede, e anzi sembrava che a molti fosse venuta in abitudine, e piaceva non solo agli uomini semplici, che sono inclini ad adorare Dio secondo il rito russo, ma anche a quelli delle altre religioni. Molti di chiesa, che erano di costumi devoti, ma che fino alla chiesa oltre il fiume non avevano tempo di andarci, magari venivano sotto le nostre finestre ad ascoltare e si mettevano a pregare. Noi questo, all'esterno, non glielo impedivamo: mandare via tutti era impossibile, e poi anche gli stranieri che si interessavano al vecchio rituale russo sono venuti più di una volta ad ascoltare il nostro canto e lo apprezzavano. Il capo dei costruttori inglesi, Âkov Âkovlevič, quello, magari, veniva a mettersi sotto la nostra finestra addirittura con un pezzo di carta e faceva di tutto per annotare il nostro canto a spartito, e poi, magari, se ne andava per i lavori, e intanto innalzava tra sé un canto alla nostra maniera: «Signore Iddio manifèstati a noi», ma solo che a lui tutto questo, s'intende, veniva d'un altro stile, perché questo canto, scritto con i ganci[27], è impossibile coglierlo perfettamente con le nuove note occidentali. Gli inglesi, sia reso a loro onore, sono gente circospetta e devota, e loro ci volevano molto bene come brava gente e ci rispettavano e ci elogiavano. Insomma, l'angelo del Signore ci aveva portato in un buon posto e ci aveva aperto tutti i cuori della gente e tutto il paisaggio della natura.

E in un simile spirito pacifico, come ve l'ho presentato, abbiamo vissuto quasi tre anni. Tutto ci riusciva, si riversavano su di noi tutti i successi come se venissero dal corno di Amaltea[28], quando d'un tratto abbiamo visto che in mezzo a noi Dio aveva messo due vasi d'elezione[29] per punirci. Uno di questi era il maniscalco Marój, e l'altro il contabile Pìmen Ivànov. Marój era del tutto incolto, perfino analfabeta, che tra i vecchi credenti è fin una rarità, ma era un uomo particolare: d'aspetto goffo, sembrava un cammello, ma ha i fianchi grossi come un cinghiale, soltanto di petto è un braccio e mezzo, e la fronte tutta folta di un pelame ispido e come un antico formileone[30], e al centro della testa sulla cocuzza si era fatto una piccola tonsura. Aveva un modo di parlare ottuso e incomprensibile, continuava a biascicare le parole, e la mente l'aveva chiusa e talmente inadatta a tutto che nemmeno sapeva imparare a memoria le preghiere, e magari non faceva che ripetere di continuo una stessa parola difficile, ma in compenso penetrava con l'occhio nel futuro, e aveva il dono di prevedere, e sapeva dare accenni frammentari. E Pìmen invece, al contrario di quello, era un uomo dedito al lusso: gli piaceva tenersi molto su e parlava con circonvoluzioni tanto astute delle parole che c'era da meravigliarsi dei suoi discorsi; ma in compenso aveva un carattere leggero e di tentazione. Marój era un uomo anziano, sopra i settanta, mentre Pìmen era di mezza età e elegante: aveva i capelli ricci, la riga in mezzo; le sopracciglia pelose, la faccia un po' rossa, insomma un Beliar[31]. E in questi due vasi d'un tratto ha cominciato a fermentare l'acido della bevanda aspra che ci sarebbe toccato bere fino in fondo.

Capitolo quarto

Il ponte che noi stavamo costruendo su otto piloni di granito era già cresciuto alto sopra l'acqua, e nell'estate del quarto anno su quei piloni abbiamo cominciato a mettere le catene di ferro. Solo che a questo punto c'è stato un piccolo trattenimento: stavamo mettendo in ordine questi anelli e facendo combaciare secondo le misure i chiodi d'acciaio per ogni cavità, quando è venuto fuori che molti *bolt* sono lunghi e che bisogna segarli, e ognuno di questi *bolt* – asta d'acciaio in inghilese, e sono fatti in Inghilterra – sono temprati in acciaio durissimo e di spessore come il braccio di un uomo adulto. Non c'era nulla con cui scaldare questi *bolt* perché così l'acciaio cedesse, e per segarli non c'era strumento che tenesse: ma nonostante tutto il nostro maniscalco Marój d'un tratto ha inventato questo metodo, che spalmava quel punto dove bisognava segare con la pece che si addensa sulla ruota del carro e con granaglia di sabbione, e butta tutto questo pezzo nella neve, e ancora intorno ci versa il sale, e gira e volta; e poi di là lo prende di colpo e lo mette sull'incudine rovente e, come lo colpisce con la mazzuola, lo mozza come una candela di cera, come se lo tagliasse con le forbici. Tutti gli inglesi e i tedeschi sono venuti e hanno guardato questa furba ingegnatezza di Marój, e guardano, guardano, e d'un tratto sorridono e si mettono a parlare prima tra di loro nella lingua loro, ma poi dicono nella nostra lingua:

«Bravo, russ! Tua in gamba; tua benone capire fizik!»

Ma quale mai "fizik" poteva capire Marój: non aveva nessuna idea di nessuna scienza, faceva solo quello che gli aveva suggerito il Signore. E il nostro Pìmen Ivànov invece si è messo a darsi arie. E quindi, ne è venuto del male per tutte e due le parti: quelli attribuivano tutto alla scienza della quale il nostro Marój non aveva nemmeno idea, mentre gli altri si sono messi a dire che sopra di noi la grazia divina visibile compie dei miracoli che noi non avevamo mai visto. E quest'ultima cosa per noi era più amara della prima. Vi ho riferito che Pìmen Ivànov era un uomo debole e lussurioso, e ora spiego perché lo tenevamo lo stesso nel nostro cantiere; andava lui in città per noi a fare provviste, comprava le compere che ci servivano; lo mandavamo alla posta a mandare passaporti e soldi a casa, e lui riportava indietro i passaporti nuovi. In generale badava a tutte queste faccende e, a dire il vero, sotto questo aspetto ci era necessario e addirittura molto utile. Un vero vecchiocredente morigerato, s'intende, è sempre alieno a tale vanità e rifugge dal contatto con i funzionari, poiché da quelli noi, a parte dispetti, non abbiamo visto nulla, ma Pìmen è contento della vanità, e in città, sull'altra riva, aveva fatto le conoscenze più fantastiche: e mercanti, e signori, con i quali avevamo contatti per le faccende di lavoro, tutti lo conoscevano e lo rispettavano come se fosse il nostro capo. Noi su questo conto, s'intende, ridevamo, ma sapeste la passione, che ci aveva, per bere il tè coi signori e magniloquire: quelli lo considerano il nostro capo, e lui non fa che sorridere e lisciarsi la barba sul torso. Per dirlo in una parola, un vanitosone! E si è imbattuto, questo nostro Pìmen, in un personaggio di non poca importanza, che aveva una moglie nativa delle nostre parti, che pure faceva la maestrina, e aveva letto su di noi non so che libri nuovi, nei quali noi non sappiamo che cosa sia scritto su di noi, e d'un tratto, non so per cosa, le si è cacciato in testa che amava molto i vecchiocredenti. Ma guardate che faccenda stupefacente: a che scopo ci è stata data come vaso d'elezione? E questa ci ama e ci riama, e sempre, appena il nostro Pìmen va da suo marito per qualcosa, lei subito lo fa senz'altro sedere a bere il tè, e quello ne è contento, e le dispiega davanti le sue vesti.

Quella, con la sua lingua donnesca, straparla che voi, insomma, vecchiocredenti e siete così e cosà, santi, ortodossi, sacrosanti, e il nostro Beliàr spalanca del tutto gli occhietti, mette la testolina di lato, si liscia la barba e con dolce vocina:

«Certamente, signora. Noi osserviamo la legge dei padri, noi ci atteniamo alle regole così e alle regole cosà e ci controlliamo l'uno con l'altro per la purezza delle consuetudini e, insomma, le dice un sacco di cose del tutto inadatte alla conversazione con una donna di mondo. E invece quella, figuratevi, se ne interessa.

«Ho sentito» dice «che la benedizione divina su di voi» dice «compare in modo visibile».

E quello non se la lascia sfuggire:

«Certamente» risponde «signora, compare; compare in modo molto visibile».

«È visibile?»

«È visibile,» dice «signora, è visibile. Proprio in questi giorni uno dei nostri uomini ha troncato dell'acciaio possente come se fosse una ragnatela».

La dama ha congiunto le belle manine.

«Oh» dice «quant'è interessante! oh, i miracoli mi piacciono da morire, e ci credo! Sapete» dice «date l'ordine, per favore, ai vostri vecchiocredenti di pregare perché Dio mi conceda una figlia. Ho due maschi, ma desidero senz'altro una figlia. È possibile?»

«È possibile, signora» risponde Pìmen «perché no, signora; si può eccome! Però» dice «in questi casi bisogna sempre far bruciare dell'olio sacrificale per voi».

Quella con grande soddisfazione gli dà dieci rubli per l'olio, e lui s'infila i soldi in tasca e dice:

«Bene, signora, abbiate fede, darò disposizione».

A noi, di questo, Pìmen, s'intende, non dice nulla, e alla signora nasce una figlia.

Però! quella si è messa a fare un tale baccano, ancora non aveva fatto in tempo a riprendere forza dopo il parto, che chiama il nostro vanitosone e lo onora come se davvero fosse il taumaturgo, e lui accetta anche questo. Tanto per dire fino a che punto un uomo può esere vanitoso, e gli si annebbia la mente,

e gli si raggelano i sentimenti. Dopo un anno la signora ha di nuovo una richiesta per il nostro Dio, che il marito le prenda in affitto una dacia per l'estate, e di nuovo succede tutto secondo il suo desiderio, e a Pìmen continua a fare offerte per le candele e per l'olio, e lui queste offerte se le mette dove sa, senza farcele vedere neanche da lontano. Ed effettivamente succedevano dei miracoli incomprensibili: questa signora aveva un figlio maggiore a scuola, che era il primo dei fannulloni, e un pigraccio sfaticato, e non studiava nulla, ma appena si è trattato di fare l'esame, lei manda a chiamare Pìmen e gli dà l'ordine di pregare che suo figlio venga promosso nell'altra classe. Pìmen dice: «È una faccenda difficile; dovrò riunire tutti i miei per tutta la notte in preghiera e invocare fino al mattino con le candele».
Ma quella non si ferma davanti a nulla; trenta rubli gli ha consegnato: basta che preghiate! E cosa pensate? Ha avuto una tale fortuna, questo figliol prodigo, che l'hanno promosso nella classe superiore. La signora poco c'è voluto che dalla gioia uscisse di senno, dalla razza di gentilezze che le fa il nostro Dio! S'è messa a dare a Pìmen un ordine dopo l'altro, e lui ormai si è dato da fare presso Dio per farle avere la salute, e l'eredità, e un alto grado per il marito, e tanti ordini che sul petto non ci stessero tutti, tanto che, dicono, uno lo portava in tasca. Un miracolo, nulla di meno, e noi continuiamo a non saperne nulla. Ma è venuto il tempo di

smascherare tutto questo e di passare da certi prodigi
ad altri.

Capitolo quinto

In una città giudaica di quella provincia, nei commerci dei giudei si è subodorato qualcosa di oscuro. Non vi dirò con precisione se avessero dei denari falsi o se conducessero qualche commercio di contrabbando, comunque bisognava che le autorità lo scoprissero, ed era prevista una ricompensa generosa. Allora la signora manda a chiamare il nostro Pìmen e dice:

«Pìmen Ivànovic, eccovi venti rubli per le candele e per l'olio; date ordini ai vostri di pregare con più impegno possibile perché a fare questo lavoro mandino mio marito».

Quello non se l'è fatto dire due volte! Ormai a raccogliere questo tributo per l'olio sacro ci aveva preso gusto e risponde:

«Va bene, signora, darò ordini».

«Ma che preghino per benino» dice «perché ne ho proprio bisogno!»

«Se hanno il coraggio, signora, di pregarmi male quando glielo ordino io» l'ha tranquillizzata Pìmen «li metto a digiuno finché non hanno pregato il resto», ha preso i denari e tanti saluti, e quella stessa notte la nomina desiderata dalla moglie è stata data al marito.

Ma ormai questa grazia le aveva dato talmente alla testa, che non le bastava più la nostra preghiera, ma le è venuta voglia di venerare senz'altro il nostro santuario di persona.

Ne parla a Pìmen, ma lui ha preso paura, perché sapeva che i nostri non l'avrebbero lasciata entrare nel loro santuario; ma la signora non demorde.

«Per me, fate come volete» dice «ma io, prima di sera, prendo su la barca e vengo con mio figlio a trovarvi».

Pìmen ha cercato di convincerla: è meglio, dice, che siamo noi a pregare; noi abbiamo un angelo custode, voi offrite qualcosa per l'olio sacro, e noi gli affideremo la protezione di vostro marito.

«Ah, meraviglioso» risponde «meraviglioso; sono molto contenta che ci sia quest'angelo; eccovi questi per l'olio, accendetegli davanti senz'altro tre lumini, e io verrò a vedere».

Pìmen non sapeva che pesci pigliare, è arrivato, e giù a darsi tutte le colpe con noi, che dice così e cosà, io, dice, a lei, quella schifosa pagana, quando ha detto che voleva venire non ho resistito, perché il marito è un uomo che ci serve, e ha vuotato il sacco, però non ha detto tutto quello che aveva fatto. Beh, per quanto ci desse fastidio, non c'era nulla da fare; abbiamo tolto in fretta dalle pareti le nostre icone e le abbiamo nascoste nelle scatole, e dalle scatole abbiamo preso delle immagini sostitutive che tenevamo per paura di un'incursione dei funzionari, le abbiamo messe sui palchetti e aspettiamo l'ospite. E lei è arrivata; tutta messa su da far paura; coi suoi lembi larghi e lunghi scopa dappertutto e continua a guardare con l'occhialino tutte le nostre immagini sostitutive e domanda: "Ditemi, per favore, qual è l'angelo taumaturgico?" Noi non sappiamo più come farla desistere da un discorso del genere:

«Noi» diciamo «un angelo del genere non ce l'abbiamo».

E per quanto insistesse e cercasse di far parlare Pìmen, a lei l'angelo non gliel'abbiamo fatto vedere e l'abbamo portata al più presto a bere il tè e a mangiare gli spuntini che avevamo.

Ci ha fatto un'impressione orribile, e sa Dio perché: aveva un'aria di distacco, anche se veniva considerata bella. Sapete, alta alta con le gambe fine fine, magra come una capra della steppa e con le sopracciglia folte.»

«A voi non piace questa bellezza?» la pelliccia d'orso interruppe il novellatore.

«Perdonate, ma quale essere serpentesco potrebbe mai piacere?» rispose quello.

«Perché, da voi si considera bella una donna che assomigli a una gobbetta di muschio?»

«Una gobbetta di muschio!» ripeté sorridendo e senza offendersi il novellatore. «Perché pensate una cosa simile? Da noi nella autentica concezione russa della corporatura femminile ci atteniamo a un nostro tipo che, secondo noi, è assai più confacente di quelle leggere di testa che si usano adesso, ma non è affatto una gobbetta di muschio. Noi non apprezziamo affatto le zampe lunghe, e invece ci piace che una donna poggi non su gambe lunghe, ma su gambe forti, perché non perda l'equilibrio, e rotoli come una palla e faccia in tempo a far tutto, mentre invece, quella zamputa, appena si mette a correre inciampa. La sottigliezza serpentesca nemmeno quella noi la apprezziamo, ma vogliamo che la donna sia più robusta e con un bel petto, perché anche se non fa una gran figura, però in compenso è un segno di maternità, la fronte nella nostra pura razza russa femminile è più corposa, più carnosa, però in questa fronte molle c'è più allegria e gentilezza. Lo stesso quanto al naso: le nostre non hanno il naso con la gobba, ma sembra una pipetta che, pensatela come volete, nella vita famigliare è molto più tenera di un naso secco, altero. E soprattutto le sopracciglia, le sopracciglia aprono la vista alla faccia, e per questo bisogna che nella donna le sopracciglia non siano aggrottate, ma siano più aperte, come un arco, perché a una donna del genere l'uomo è più incline a parlare e produce su tutti un'impressione affatto diversa che bendispone alla casa. Ma i gusti di adesso, s'intende, rispetto a questo tipo buono sono rimasti indietro, e nel sesso femminile apprezzano l'etereo effimero, solo che sono proprio malriposti. Però permettete, vedo che ci siamo messi a parlare d'altro. Meglio che continui.

Il nostro Pìmen, tutto vanitoso, vede che noi, dopo avere accompagnato l'ospite, ci siamo messi a fare delle critiche, e dice:

«Cosa dite? è buona».

E noi rispondiamo: ma quale buona, diciamo, se di buono nel suo aspetto non c'è nulla, ma che Dio sia con lei: come è, così sia, noi eravamo già contenti di averla accompagnata fuori, e ci siamo messi a

fumigare al più presto con del ladano, perché di lei
non ci restasse nemmeno l'odore.

Dopodiché abbiamo scopato via le tracce dell'ospite
dalla camera; le immagini sostitutive le abbiamo
messe di nuovo via al loro posto nelle scatole dietro
il tramezzo, e di là abbiamo preso le nostre icone
vere; le abbiamo disposte sulle file, come ai vecchi
tempi, le abbiamo asperse d'acqua santa; abbiamo
detto le preghiere e siamo andati ognuno dove gli si
confaceva al riposo notturno, ma solo Dio sa perché
e per come quella notte nessuno di noi è riuscito a
dormire, ed era una notte sinistra e inquieta.

Capitolo sesto

Al mattino siamo andati tutti al lavoro e facciamo le nostre faccende, ma Lukà Kirìlov non c'è. A giudicare dalla sua precisione, era stupefacente, ma ancora più stupefacente mi è sembrato che arrivasse alle otto tutto pallido e conturbato.

Sapendo che è un uomo controllato e che non gli piaceva abbandonarsi alle mortificazioni vuote, ci ho fatto caso e domando: «Cos'hai, Lukà Kirìlov?» Ma lui dice: «Te lo dico dopo».

Ma io allora, nella mia gioventù, ero curioso da morire, e per di più d'un tratto mi era venuto chissà da dove il presentimento che fosse qualcosa di brutto per la nostra credenza; perché io, la credenza, la rispettavo, e noncredente non lo ero stato mai.

Perciò non sono riuscito a resistere a lungo e, con un pretesto qualsiasi, ho lasciato il lavoro e sono corso a casa; penso: finché a casa non c'è nessuno, cerco di farmi dire qualcosa da Mihàjlica. Per quanto a lei Lukà Kirìlov non si fosse aperto, lei però, per quanto non abbia studiato, qualcosa in qualche modo doveva averlo intuìto, e con me non sarebbe stata a fare la misteriosa, perché io sono orfano fin da piccolo e loro mi hanno cresciuto come se fossi un figlio, e lei per me è tale quale una secondamadre.

Perciò, signori, mi precipito da lei, e lei, vedo che è seduta sul terrazzino d'entrata con una vecchia vestaglia sulle spalle, e sembra tutta malata, triste e come verdognola.

«Come mai,» dico «secondamadre, vi siete seduta in un posto del genere?»

E lei risponde:

«Perché, Màrocka, dove dovrei rannicchiarmi?»

Mi chiamo Mark Aleksàndrov; ma lei, dati i sentimenti materni verso di me, mi chiamava Màrocka.

"Ma che sciocchezze, penso tra me, mi viene a raccontare, che non ha nessun posto dove rannicchiarsi?"

«Ma per quale motivo» dico «non vi sdraiate da voi in dispensa?»

«Non posso» dice «Màrocka, lé nella camera grande c'è nonno Marój che prega».

"Aha, ecco" penso "è proprio così, è successo qualcosa alla nostra credenza" e zia Mihàjlica comincia:

«Màrocka, bambino, non sai nulla, vero, di quello che è successo stanotte?»

«No, secondamadre, non lo so».

«Ah, una sventura!»

«Raccontate subito, secondamadre».

«Ah, non so come, ma si può raccontare?»

«Ma come mai non lo raccontate:» dico «sono forse un estraneo, non sono come un figlio?»

«Lo so, mio caro» risponde «che tu per mei sei come un figlio, è per me che non ho molte speranze di riuscire a spiegartelo come si deve, perché sono una sciocca e un'incapace, ma aspetta, quando smetterà di lavorare, lo zio arriverà, e sarà lui a spiegarti tutto».

Ma io non riuscivo assolutamente ad aspettare, e ho insistito: raccontami e raccontami subito di cosa si tratta.

E lei, guardo, continua a sbattere, sbattere gli occhi, e gli occhi le si riempiono sempre più di lacrime, e d'un tratto ha scacciato via il pensiero con il fazzoletto e mi sussurra piano:

«Figlio, il nostro angelo custode stanotte è caduto».

Per l'enormità di questa scoperta, sono andato in fremito.

«Ditemelo subito» la supplico «come è successo questo prodigio e chi ha assistito al prodigio?»

E lei risponde:

«I prodigi, figlio, sono stati imperscrutabili, e di testimoni del prodigio non ce ne sono stati, perché è successo tutto nel più profondo orario di mezza notte, e solo io non dormivo».

E mi ha raccontato, gentili signori, questa storia:

«Quando mi sono addormentata» dice «dopo le preghiere, non ricordo quanto ho dormito, solo che d'un tratto vedo in sogno un incendio, un grande incendio: come se da noi avesse preso fuoco tutto, e il fiume portasse via i carboni ardenti, mulinasse intorno ai piloni e li inghiottisse, li risucchiasse sul fondo». E quanto a Mihàjlica, sembra che lei, sfrecciata fuori in una vecchia veste tutta buchi, se ne stesse proprio sull'orlo dell'acqua, e contro di lei, sull'altra riva, si avventasse un'alta colonna rossa, e su quella colonna un piccolo gallo bianco che continua a menare le ali. Mihàjlica pare che gli dica: «Chi sei, tu?» perché i sentimenti le avevano fatto capire che quell'uccello preannunciava qualcosa. Ma quel galletto d'un tratto ha esclamato come con voce umana: «Amen» ed è scomparso, e non c'è più, e intorno a Mihàjlica è venuto il silenzio e nell'aria un tale deserto, che Mihàjlica ha preso la paura e le è stato impossibile continuare a riposare, e si è svegliata e se ne sta sdraiata, e sente che dietro la porta c'è un agnello che bela. E dalla voce sente che è proprio l'agnellino a cui non era stato toccato il vello natio[32]. Risuonava la sua pura vocetta argentata "bia-ia-ia", e d'un tratto Mihàjlica ormai intuisce che se ne sta zampettando per la camera delle preghiere, con gli zoccoletti sulle assi così cioc cioc cioc zampetta in fretta e sembra sempre che cerchi qualcuno. Mihàjlica ragiona: "O Signore Gesù Cristo! ma cos'è mai: una pecora in tutto il nostro villaggio forestiero non c'è, da fare agnelli, perciò da dove salta fuori questo agnello da latte?» E in quel momento s'è scossa: "E come ha fatto a finire nell'isbà? Evidentemente ieri, con il daffare che c'era, ci siamo dimenticati di chiudere la porta dal cortile; grazie a Dio" pensa "che è stato un agnello, e non un cane a infilarsi nel santuario". E pensato questo, giù a svegliare Lukà: «Kirìlyc» chiama «Kirìlyc! Svégliati, caro, presto, abbiamo la porta aperta e un agnello da latte è balzato nell'isbà», ma Lukà Kirìlov, nemmeno a farlo apposta, dorme di un sonno pesante come un macigno. Per quanto Mihàjlica cerchi di svegliarlo, non ci riesce in nessun modo: mugola, ma non dice una parola. Per quanto Mihàjlica lo scuota e lo sposti, lui non fa altro che mugolare più forte.

Mihàjlica si è messa a chiedergli «ricorda, dice, il nome di Gesù», ma non appena lei ha detto questo nome, nella camera qualcuno si è messo a uggiolare e Lukà in quello stesso momento è scattato su dal letto e se n'è andato avanti di là, ma d'un tratto nel mezzo della camera delle icone è sembrato sbattere contro una parete di rame. «Baba, soffia sul fuoco! Soffia subito sul fuoco!» grida a Mihàjlica, e lui non si muove da dov'è. Quella ha acceso una candelina e gli corre incontro, e lui è pallido, come un condannato a morte, e trema tanto, che non solo il bottone gli va su e giù per il collo, ma gli tremano perfino i pantaloni sulle gambe. La donna gli parla di nuovo: «Capofamiglia» dice «cosa ti càpita?» E lui le fa solo vedere col dito che là dove era l'angelo, c'è un posto vuoto, e l'angelo è sul pavimento tra le gambe di Lukà.

Lukà Kirìlov dice subito a nonno Maròj: e così e cosà, ecco cos'ha sognato la mia donna ed ecco cosa è successo da noi, vieni a vedere. Maròj è venuto e si è messo in ginocchio davanti all'angelo che giaceva sul pavimento e per un pezzo ci è stato sopra immobile, come una tomba di marmo, e poi, alzata la mano, si è grattato la cocuzza rasata e ha detto piano: «Portate qui dodici mattonelle pulite di mattone appena cotto».

Lukà Kirìlov le ha portate subito, e Maròj ha esaminato le mattonelle e vede che sono tutte pulite, vengono dritte dal fuoco del forno, e ha ordinato a Lukà di metterle una sopra l'altra, e in questo modo hanno innalzato una colonna, l'hanno coperta con

un telo pulito, ci hanno eretto sopra l'icona, e poi Marój, dopo un inchino fino a terra, ha proclamato:
«O Angelo del Signore, possano muoversi i tuoi passi secondo il tuo volere!»
E non appena ha pronunciato queste parole, d'un tratto alla porta stuc stuc stuc, e una voce sconosciuta chiama:
«Ehi voi, scismatici: chi è il capo qui?»
Lukà Kirìlov apre la porta e vede un soldato con la medaglia.
Lukà domanda: quale capo vuole? E lui risponde:
«Quello» dice «che andava dalla signora, che si chiama Pìmen».
Beh, Lukà ha mandato subito la donna a chiamare Pìmen, e intanto domanda: che faccenda è? perché l'hanno mandato nella notte a prendere Pìmen?
Il soldato dice:
«Proprio di preciso non lo so, ma ho sentito dire che i giudei hanno preparato un brutto scherzo al signore di laggiù».
Ma che cosa di preciso, non è capace di dirlo.
«Ho sentito dire» dice «che il signore li ha sigillati, e loro hanno sigillato lui».
Intanto è arrivato anche Pìmen, e quello, come un giudeo, gira gli occhi ora di quà ora di là: evidentemente non lo sa nemmeno lui cosa dire.
Lukà allora dice:
«Che razza di buffone che non sei altro sei diventato, ora va' a fare la fine delle tue buffonate!»
Lui e il soldato sono saliti sulla barca e sono andati.

Dopo un'ora torna il nostro Pìmen e fa lo spavaldo come se fosse in gamba, ma si vede che è orrendamente fuori di sé.
Lukà lo interroga:
«Parla» dice «è meglio che parli, banderuola, che dica tutto con sincerità, che cos'hai combinato laggiù?»
E lui dice:
«Nulla».
E così sembrava che la faccenda finisse in nulla, ma non era nulla affatto.

Capitolo settimo

Al signore per il quale aveva pregato il nostro Pìmen, era successa una cosa assai stupefacente. Lui, come vi riferivo, era partito per la città giudaica e ci era arrivato a tarda notte, quando nessuno pensava a nulla, e ha sigillato subito tutte le botteghe fino all'ultima e ha fatto sapere alla polizia che l'indomani mattina sarebbe passato per l'ispezione. I giudei naturalmente lo sono venuti a sapere subito, e la notte stessa sono andati da lui a pregarlo di scendere a patti, che di merce illegale ne avevano un fracasso. Sono arrivati e danno subito a questo signore diecimila rubli. Lui dice: «Non posso, sono un alto funzionario, sono investito di fiducia e di bustarelle non ne prendo"; e i giudei, tra di loro gyr gyr gyr, e gliene danno quindici. Lui di nuovo: «Non posso»; loro venti. Lui: «Ma insomma» dice «come fate a non capire che *io non posso*, ho già fatto sapere alla polizia che domani vengano a fare l'ispezione insieme a me». E loro di nuovo gyr gyr, e poi dicono:

«Zì zì, vostra eccellenza, quello zi non fa nulla zi, che voi avete fatto sapere alla polizia, noi vi diamo zi questi venticinqiemila, e voi zi prestateci soltanto fino a domattina il vostro sigillo e coricatevi zi a riposare tranquillo: a noi non serve nient'altro.»

Il signore ci ha pensato, ci ha pensato: anche se si considerava un personaggio importante, però, evidentemente, anche i personaggi importanti hanno un cuore che non è di pietra, s'è preso i venticinquemila, e a loro ha dato il suo sigillo, col quale aveva sigillato le botteghe, e se n'è andato a dormire. I giudei, s'intende, di notte dalle loro cantine hanno fatto sparire tutto quello che hanno voluto e hanno risigillato con quello stesso sigillo, e il signore è ancora lì che dorme, ma loro sono già in anticamera da lui che gorgottano. Beh, li ha fatti entrare; loro lo ringraziano e dicono:

«E ora zì, vostra alta nobiltà zì, procedete pure all'ispezione».

Beh, ma lui fa finta di non sentire, e dice:

«Restituitemi subito il mio sigillo».

E i giudei dicono:

«E voi dateci zi i nostri soldi».

Il signore: «Cosa? come?» E quelli continuano sulla loro:

«Noi i soldi zi» dicono «li abbiamo lasciati in cauzione».

Quello di nuovo:

«Come in cauzione?»

«Ma certo zi» dicono «in cauzione».

«Mentite» dice «siete talmente vigliacchi, venditori di Cristo, voi quei soldi me li avete dati e basta».

E loro si danno di gomito l'un l'altro e ridono.

«Hörsch-du» dicono «senti, noi li avremmo dati e basta... Hm, hm! Aj-vaj: possiamo essere cozì sciocchi zi, e privi di politica come dei muzikì zi, da dare un *habàr* a un personaggio tanto in vista?»

("Habàr" nella loro lingua[33] è la bustarella.)

Beh, signori, cosa vi potete immaginare di meglio di questa storia? Questo signore, s'intende, avrebbe dovuto restituire i soldi, e la cosa sarebbe finita, ma lui ha fatto pure i capricci perché gli dispiaceva separarsene. È venuto il mattino; tutto il mercato in città è chiuso; la gente cammina, si meraviglia; la polizia chiede indietro il sigillo, ma i giudei urlano: «Aj-vaj, ma che razza di governo statale! Le alte autorità ci vogliono distruggere». Delle grida orrende! Il signore se ne sta seduto e fino all'ora di pranzo non si decide con la ragione, e verso sera manda a chiamare i tre giudeucci furbi e dice: «Toh, prendete, maledetti, i vostri soldi, però restituitemi il mio sigillo!» Ma quelli non vogliono più, dicono: «Ma come è possibile zi! Noi in tutta la città per tutto il giorno non abbiamo commerciato: ora da vostra nobiltà ne vogliamo cinquantamila». Vedete cos'è successo! E i giudei minacciano: «Se oggi» dicono «non ci date cinquantamila, domani costerà altri venticinquemila di più!» Il signore non ci ha dormito tutta la notte, e verso mattino manda di nuovo a chiamare i giudei, e tutti i soldi che aveva preso da loro gliel'ha restituiti indietro, e ha firmato cambiali per altri venticinquemila, e in qualche modo ha fatto l'ispezione; naturalmente non ha trovato nulla, e è tornato veloce indietro, dalla moglie, e davanti a lei fa una scenata: dove li prende venticinquemila rubli per pagare le cambiali ai giudei? «Bisogna» dice «vendere la tua piccola campagna della dote», ma quella dice: «Per nulla al mondo: ci sono affezionata». Lui dice: «È colpa tua, sei tu che hai supplicato per me questa missione da certi settari e mi hai garantito che mi avrebbe aiutato l'angelo, e guarda invece che bell'aiuto che m'ha dato». E lei risponde: «Che dici» dice «la colpa è tua, perché sei stato scemo e non hai arrestato quei giudei e non hai detto che ti avevano rubato il sigillo, comunque, d'altra parte» dice «non fa nulla: affidati del tutto a me, ci penso io a raddrizzare la faccenda, saranno gli altri a pagare per il tuo cervello fino». E d'un tratto, a chi capitava, ha urlato e tuonato: «Presto, veloce» dice «attraversare lo Dnepr e portarmi qui il capo degli scismatici». Beh, il messo, naturalmente, è andato e ha portato il nostro Pìmen e la signora, subito, senza girarci intorno: «Ascoltate» dice «so che siete una persona intelligente e capirete cosa mi serve: a mio marito è successo un piccolo inconveniente, certi mascalzoni l'hanno derubato... Giudei... capisce, e ora immancabilmente in questi giorni stessi ce ne servono venticinquemila, e così in fretta non ho dove procurarmeli; ma ho mandato a chiamare voi e sono tranquilla, perché i vecchiocredenti sono persone intelligenti e ricche e poi, come ho potuto convincermi, voi Dio stesso vi aiuta in tutto, perciò, per favore, datemene venticinquemila, e io, da parte mia, in compenso parlerò a tutte le signore delle vostre icone taumaturgiche, e vedrete quanto metterete insieme per la cera e per l'olio». Gentili signori, mi sa che vi potrete immaginare senza fatica come si è sentito in questo frangente il nostro buffoncello. Non so più con quali parole, solo che, a questo ci credo, s'è messo a giurare e spergiurare assicurando che una somma del genere non era alla portata della nostra miseria, ma lei, questa rinnovellata Erodiade[34], di questo non voleva neanche sentire parlare. «Eh no, io invece» dice «so benissimo che i vecchiocredenti sono ricchi, e che per voi venticinquemila sono una sciocchezza. A mio padre, quando faceva l'impiegato a Mosca, più di una volta i vecchiocredenti hanno fatto ben altre generosità; al confronto, venticinquemila sono bruscolini». Pìmen, s'intende, anche in questo momento ha cercato di metterle in chiaro che un conto, dice, sono i vecchiocredenti di Mosca, uomini di capitale, ma noi invece siamo semplici braccianti di campagna, il nostro potere non è nemmeno paragonabile al cospetto dei moscoviti. Ma di sicuro quella a Mosca aveva imparato alcune cosucce per benino, e d'un tratto l'ha assalito: «Ma cosa mi raccontate» dice «ma cosa mi venite a raccontare! Credete che non lo sappia, quante sono le icone taumaturgiche che avete, e non siete stato mica voi a raccontarmi quanto vi mandano da tutta la Russia per la cera e per l'olio? No, non voglio starvi nemmeno a sentire; che ci siamo immediatamente i soldi qui, se no oggi stesso mio marito andrà dal governatore e racconterà tutto, di come pregate e inducete in tentazione, e ve la passerete da schifo». Il povero Pìmen c'è rimasto di sasso; è arrivato a casa, come vi ho riferito, e non fa che ripetere una sola parola: "nulla", però è tutto rosso, come se avesse appena fatto il bagno di vapore, e continuava a starsene negli angoli e a soffiarsi il naso. Beh, Lukà

Kirìlov, alla fine, gli ha fatto un piccolo interrogatorio, solo che, s'intende, lui non gli ha detto tutto, ma ha rivelato solo le cose più insignificanti della sostanza, a un certo punto dice: «questa signora pretende che io le procuri cinquemila rubli in prestito da voi». Beh, s'intende, Lukà, già solo per questo, gli è saltato addosso: «Puah, buffoncello orrendo» dice «buffoncello; c'era proprio bisogno che tu facessi conoscenza con loro e perdipiù ce li portassi qui! Cosa siamo noi, dei ricconi, forse, che possiamo aver messo da parte dei soldi del genere? E poi perché dovremmo darglieli? E poi dove sono?.. Visto che sei stato tu a imbrogliarla, dovrai sbrogliartela da solo, noi, cinquemila, non sappiamo proprio dove andare a prenderli». Detto questo, Lukà Kirìlov è andato al lavoro per la sua strada ed è arrivato, come vi riferivo, pallido, come un condannato a morte, perché lui, provato dall'avvenimento notturno, sentiva che avrebbe avuto su di noi conseguenze sgradevoli; Pìmen invece se n'è andato da un'altra parte. Abbiamo visto tutti che dalle canne è salito in barca e s'è diretto dall'altra parte verso la città, e adesso che Mihàjlica mi aveva raccontato tutto con ordine, di lui che li aveva importunati per via dei cinquemila, ho immaginato che si fosse di sicuro precipitato a supplicare quella signora. In quella riflessione io sto accanto a Mihàjlica e penso se non ci può provocare qualche danno e se non bisogna prendere qualche misura contro questa bruttissima eventualità, quando d'un tratto mi accorgo che è ormai tardi per prendere iniziative del genere, perché alla riva è attraccato un grande barcone, e ho sentito da dietro le mie stesse spalle il rumore di molte voci e, girandomi, ho visto parecchi funzionari diversi, tutti perfettamente in uniforme, e con loro un numero notevole di gendarmi e soldati. E non abbiamo fatto in tempo io e Mihàjlica, gentili signori, a battere ciglio, che tutti loro si sono riversati girandoci intorno dritti nella camera di Lukà, e alla porta hanno messo due guardie con la sciabola sguainata. Mihàjlica si è scagliata addosso a quelle guardie, non tanto perché la lasciassero passare, ma per manifestare il proprio dolore; naturalmente loro l'hanno respinta, ma lei ci si avventa ancora più infuriata, e la loro battaglia è arrivata fino al punto che un gendarme alla fine l'ha colpita forte, tanto che lei è rotolata giù dalla terrazzina d'entrata come una trottola. Io invece mi sono imbattuto in Lukà sul ponte, ma guardo, e Lukà non è incontro a me che viene, dietro di lui c'è tutto il nostro cantiere, tutti si sono ribellati, e con quello che avevano sul lavoro, chi col piccone, chi con la zappa, tutti accorrono a difendere il proprio santuario... Quelli che non c'erano stati sulla barca e non avevano di che raggiungere la riva, tutti vestiti, così com'erano sul lavoro, dritti dal ponte si sono buttati in acqua e nuotano uno dietro l'altro nell'acqua fredda... Roba da non crederci, è stato orribile, com'è finita. Quelle guardie erano venute in una ventina di uomini, e anche se tutti avevano tutte le vestimenta ardimentose, i nostri però sono più di mezzo centinaio, e tutti animati da un'esaltante fede ardente, e nuotano tutti nell'acqua come cuccioli di foca, e tu prendili pure a randellate sulla crapa, ma loro la riva verso il loro santuario la raggiungono lo stesso, e subito, tutti fradici com'erano, sono andati avanti, che la tua pietra è viva e indistruttibile[35].

Capitolo ottavo

Ora voi avrete la bontà di ricordare che quando io e Mihàjlica avevamo conversato sulla terrazzina dell'entrata, in camera si trovava nonno Marój in preghiera, e i signori funzionari con i loro scagnozzi l'hanno trovato così. Dopo lui ha raccontato che, appena sono entrati, hanno sùbito sprangato la porta e si sono chinàti dritti sulle icone. Alcuni spengono i lumìni, altri strappano le icone dalle pareti e le appoggiano sul pavimento, e a lui gridano addosso: «Sei un pope?» Lui dice: «No, non sono un pope». Loro: «Qual è il vostro pope?» E lui risponde: «Noi non ce l'abbiamo, il pope». E loro: «Come sarebbe non ci avete il pope! Come osi dire questo, che non ci avete il pope!» A questo punto Marój ha fatto per spiegare loro che noi il pope non ce l'abbiamo mai, ma dato che lui parlava male, biascicava le parole, loro, non capendo di cosa si trattava, «legatelo» dicono «mettetelo agli arresti!» Marój si è lasciato legare: non gli importava nulla che il contadino-soldato gli legasse le mani con una corda, se ne sta là e, accettando tutto questo in nome della fede, sta a guardare quello che succede poi. E intanto i funzionari hanno acceso le candele, e giù a sigillare le icone: uno posa il sigillo, gli altri scrivono il sequestro, altri ancora fanno i fori col succhiello, e infilzano le icone su una barra di ferro come gavette. Marój guarda tutta questa indecenza blasfema e non muove una spalla perché, ragiona, è evidente che Dio ha avuto la bontà di farla succedere così, questa inciviltà. Ma proprio in questo momento nonno Marój sente che un gendarme s'è messo a gridare, e dietro di lui un altro: la porta si è spalancata e i nostri cuccioli di foca, bagnati com'erano usciti dall'acqua, così trac entrano nella camera. Ma per loro fortuna davanti a loro c'era Lukà Kirìlov. Ha subito urlato:

«Arrèstati, popolo di Cristo, non avere il coraggio di osare!» e va dai funzionari e, indicando queste icone infilzate sull'asta, dice: «Come mai voi, signori autorità, danneggiate in questo modo il santuario? Se avete il diritto di portarcele via, noi non siamo oppositori delle autorità: portàtele via; ma a che scopo danneggiare la rara arte dei padri?»

Allora il marito di quella signora che conosceva Pìmen, che qui era il più importante di tutti, si mette a gridare contro zio Lukà:

«Basta, mascalzone! hai ancora il coraggio di discutere!»

Ma Lukà, per quanto fosse un mugìk orgoglioso, si è dato pace e risponde tranquillo:

«Permettete, vostra alta nobiltà, noi conosciamo queste regole, qui nella stanza abbiamo centocinquanta icone, prendeteci tre rubli per icona e portatele via, però l'arte degli antenati non danneggiatela».

Il signore ha spalancato gli occhi infuriato e ha gridato forte:

«Via!» ma ha sussurrato sommesso: «Dammi cento rubli al pezzo, se no li sigillo tutti».

Lukà di dare una tal quantità di soldi non riesce neanche a immaginarlo e dice:

«Se è così, Dio sia con voi: rovinate tutto come volete, noi una tal quantità di soldi non ce l'abbiamo».

Allora quel signore si mette a urlare arrabbiato:

«Puah, caprone barbuto, come hai osato parlare di soldi in nostra presenza?» e qui d'un tratto ha preso a darsi da fare, e tutte le raffigurazioni divine che vedeva le impilava, e in cima alle aste hanno messo i dadi e li hanno sigillati perché non fosse possibile né toglierle né sostituirle. Quando tutto questo era ormai stato raccolto ed era pronto, hanno fatto per andarsene davvero: i soldati si sono messi sulle spalle le pile di icone infilzate nei bulloni e le hanno portate verso le barche, mentre Mihàjlica, che pure si era infiltrata nella stanza al séguito del popolo, in quel momento stava prendendo alla chetichella dall'*analógij* l'icona dell'angelo e la stava mettendo sotto lo scialle e la portava in dispensa, ma siccome le tremano le mani, l'ha lasciata cadere. Santo cielo, come s'è infuriato, quel signore, e ci ha chiamati e ladri e imbroglioni, e dice:

«Aha! Voi, imbroglioni, volevate nasconderla, perché non finisse sull'asta; e allora non ci finirà davvero, ma ecco cosa ci farò, invece!» e, acceso un bastone di ceralacca, giù fa colare la resina, bollente di fuoco, proprio sul viso dell'angelo!

Gentili signori, non lamentatevi con me se non posso neanche tentare di descrivervi quello che è successo a questo punto quando il signore ha versato le gocce di resina bollente sul viso dell'angelo e per di più, uomo crudele, ha alzato l'icona per vantarsi di essere riuscito a farci arrabbiare. Ricordo soltanto che questo splendidissimo viso divino era rosso e sigillato, e da sotto il sigillo l'olio, che sotto la resina infuocata si era lievemente disciolto, gocciolava giù in due rivoli come sangue sciolto in una lacrima...

Siamo rimasti tutti a bocca aperta e, coprendoci gli occhi con le mani, siamo caduti a terra e ci siamo messi a singhiozzare come alle torture. E così ci siamo messi a gridare sempre più forte, tanto che la notte fonda ci ha sorpresi a gemere e lamentarci per il nostro angelo sigillato, e a questo punto, in questo buio e silenzio, nel santuario dei padri distrutto, ci è venuta un'idea: seguire dove mettono il nostro protettore, e abbiamo giurato di rubarlo, anche a pericolo della vita, e di dissuggellarlo, e, per l'esecuzione di questa decisione, hanno scelto me e il giovane Levóntij. Questo Levóntij di età era ancora proprio un adolescente, non più di diciassette anni, ma grande di corpo, buono di cuore, timorato da Dio fin da piccolo e obbediente e di buoni princìpi come il tuo ardimentoso cavallo bianco dalle briglie d'argento.[36]

Non si poteva desiderare un migliore compagno di coraggio e d'azione per una faccenda così pericolosa come inseguire e riprendersi l'angelo sigillato, della cui vista accecata stavamo facendo una malattia.

Capitolo nono

Non starò a incomodarvi con i particolari di come io e il mio compagno di coraggio e d'azione, passando dalle crune degli aghi, ci siamo intrufolati dappertutto, ma racconterò subito l'amarezza che si è impadronita di noi quando abbiamo saputo che le nostre icone infilzate dai funzionari, come erano state fissate ai bulloni in mucchi, così le avevano messe nello scantinato dell'arciereo, era un caso ormai morto e sepolto, e non c'era nemmeno da pensarci. Ci aveva però fatto piacere quello che ci avevano detto: che l'arciereo in persona una trovata così barbara non l'aveva approvata ma, al contrario, aveva detto: «A che pro?» e aveva anche interceduto in favore dell'arte vecchia e aveva detto: «Sono antiche, vanno conservate!» Ma il male è stato che, non appena era stato commesso il peccato della mancanza di rispetto, una disgrazia nuova, ancora più grande, ci è venuta proprio da quest'uomo devoto: questo stesso arciereo, con attenzione non cattiva, bisogna supporre, ma anzi buona, ha preso il nostro angelo sigillato e l'ha osservato a lungo e poi ha distolto lo sguardo in disparte e dice: «Che visione pietosa! Come l'hanno orrendamente deturpato! Questa icona» dice «non mettetela in cantina, ma mettetela da me nell'abside sulla finestra dietro l'altare». Così i servitori dell'arciereo hanno eseguito quel suo ordine, e io vi devo dire che una tale attenzione da parte di un gerarca della chiesa da un lato ci ha fatto molto piacere, ma dall'altro ci siamo resi conto che qualsiasi nostra intenzione di rubare il nostro angelo era diventata irrealizzabile. Restava un altro mezzo: corrompere i servi dell'arciereo e sostituire con il loro aiuto l'icona con un'altra scaltramente dipinta a somiglianza di questa. Anche in questo i nostri vecchiocredenti più di una volta hanno avuto successo, ma per questo prima di tutto è necessario un isografo di mano abile ed esperta, che possa fare un'icona sostitutiva precisa, e un isografo del genere noi da quelle parti non prevedevamo di trovarlo. E su tutti noi è caduta addosso un'angoscia straordinaria, e ci è venuta addosso come i gonfiamenti d'acqua sotto la pelle[37]: nella camera dove prima si sentivano solo adorazioni, hanno cominciato a risuonare solo lamentazioni e di lì a poco ci siamo tutti sfiniti di piangere e la terra sotto di noi non la vediamo più, tanto abbiamo gli occhi pieni, e che sia per via di questo o non per via di questo, comunque ci è venuta una malattia degli occhi, che si è contagiata a tutto il popolo. Proprio quello che prima non c'era mai stato, ora succedeva; c'era una quantità di malati senza numero! In tutto il popolo lavoratore è corsa voce che tutto questo non era capitato semplicemente così, ma per via dell'angelo dei vecchiocredenti: «sigillandolo» favoleggiano «l'hanno accecato, e ora ci stiamo accecando tutti», e questa interpretazione ha seminato la ribellione non solo tra noi, ma anche tra tutti gli uomini di chiesa, e per quanto i padroni inglesi chiamassero dottori, da loro non ci va nessuno e le medicine non le prendono, ma gemono soltanto:

«Portateci qui l'angelo sigillato, vogliamo pregare a lui, lui è l'unico che ci può guarire».

L'inglese Âkov Âkovlevič, edotto di questa faccenda, è andato di persona dall'arciereo e dice:

«Così e cosà, vostra alta santità, la fede è una faccenda grande, e a seconda di come uno crede, la fede gli dà tanto: lasciate venire l'angelo sigillato da noi sull'altra riva.

Ma sua santità non ha obbedito e ha detto:

«Non bisogna accondiscendere a questo».

Allora a noi questa parola è sembrata crudele, e noi l'arcipastore l'abbiamo giudicato con molte parole vane, ma in seguito abbiamo scoperto che tutto questo accadeva non per crudeltà, ma per osservanza divina.

Nel frattempo sembrava che i sintomi non andassero via, e il dito castigatore ha cercato sull'altra riva proprio il principale colpevole di tutta questa faccenda, Pìmen in persona, che dopo questa disgrazia era scappato via da noi e si era fatto di chiesa. Lo incontro là una volta in città, e lui mi saluta, e io l'ho salutato. E lui dice:

«Ho peccato, fratello Mark, venendo in divergenza di fede con voi».

E io rispondo:

«Chi deve avere quale fede, è una faccenda divina, e che tu abbia venduto un povero per gli stivali, s'intende, è una brutta cosa, e perdonami, ma io di quello, come ordina il profeta Amos[38], ti accuso fraternamente».

Al nome del profeta lui s'è messo a tremare.

«Non parlarmi» dice «di profeti: ricordo benissimo le Scritture e sento che "i profeti tormentano i viventi sulla terra" e di questo ho perfino un segno», e si lamenta con me che pochi giorni prima ha fatto il bagno nel fiume e, dopo, gli è venuta una maculatura in tutto il corpo, e si è sboottonato il petto e mi fa vedere, e su di lui, in effetti, ci sono macchie lentigginose, come su un cavallo pomellato, dal petto gli salgono in su sul collo.

Uomo empio, uomo di frode, avevo in mente di dirgli, "O Dio, costituisci il maligno sopra di lui"[39], ma ho schiacciato questa parola dietro le labbra e ho detto:

«Beh, prega» dico «e gioisci che su questa terra sei ancora così punteggiato, che magari nell'altra destinazione sarai puro».

Si è messo a piangermi, quanto è infelice di questo e quanto si sentirebbe deprivato se la maculatura gli andasse in faccia, perché il governatore in persona, vedendo Pìmen, quando lo hanno unito alla chiesa, si era molto compiaciuto della sua bellezza e aveva detto al capo della città, quando dalla città fossero passate le persone importanti, di mandare senz'altro Pìmen davanti a tutti con il piatto d'argento. Beh, se invece uno è maculato, cosa vuoi metterlo in mostra? Però, tuttavia, dato che di questa vanità e di queste frivolezze degne di Beliàr ne avevo abbastanza, mi sono girato e me ne sono andato.

E così io e lui ci siamo separati. Su di lui i puntini si sono fatti sempre più manifesti, e su di noi non hanno smesso gli altri segni, alla fine dei quali, in autunno, appena è venuto il ghiaccio, d'un tratto è rivenuto il disgelo, tutto questo ghiaccio si è sciolto ed è andato a cercare di portare via la nostra costruzione, e anche prima c'erano sono stati danni dopo danni, che d'un tratto un pilastro di granito è stato eroso, e la voragine ha inghiottito tutta l'opera di erezione di molti anni, costata varie migliaia di rubli...

Questo fatto ha colpito anche i nostri padroni inglesi, e a questo punto al loro capo Âkov Âkovlevič qualcuno ha suggerito che, per liberarsi di tutto questo, bisognava cacciare noi vecchiocredenti, ma siccome lui era un uomo d'animo buono, lui questa parola non l'ha ascoltata ma, al contrario, ha chiamato me e Lukà Kirìlov e dice:

«Datemi, ragazzi, un consiglio: c'è qualcosa in cui possa aiutarvi e consolarvi?»

Ma noi abbiamo risposto che, finché il viso per noi sacro dell'angelo, che ci ha preceduto dappertutto, si trova sotto il sigillo di fuoco e di resina, non possiamo in nessun modo consolarci e ci consumiamo dalla pena.

«E allora» dice «cosa pensate di fare?»

«Pensiamo, dico, col tempo di sostituirlo e di dissuggellare il suo viso puro, infuocato dalla mano senza Dio del funzionario».

«Ma com'è» dice «che vi sta tanto a cuore, possibile che non se ne possa trovare un altro uguale?»

«Ci sta a cuore» rispondiamo «perché ci ha custodito, e non se ne può trovare un altro perché è stato dipinto in tempi di fermezza da una mano devota ed è stato santificato da un antico ereo secondo l'eucologio completo di Pëtr Mogìla, e adesso non abbiamo più né gli erei, né l'eucologio».

«Ma come farete» dice «a dissuggellarlo, dal momento che tutto il suo viso è stato bruciato dalla ceralacca?»

«Ah, su questo conto» rispondiamo «vostra grazia non si preoccupi: basta che riusciamo ad averlo tra le mani, che poi lui, il nostro custode, si rimetterà da solo: non è opera di maestri commercianti, ma del vero Stróganov, e quando l'olio di Stróganov, l'olio di Kostromà, sono così cotti, non temono nemmeno un marchio di fuoco e non lasciano passare la resina fino alle tenere tinte».

«Ne siete sicuri?»

«Sicuri, signore: quest'olio è forte proprio come l'antica fede russa».

A questo punto lui ha imprecato contro quelli che non sanno conservare un'arte simile, e ci ha dato la mano, e ha detto ancora una volta:

«Non amareggiatevi così: io sono il vostro aiutante, e troveremo il vostro angelo. Vi serve a lungo?»

«No» diciamo «per un periodo breve».

«Allora dirò che voglio fare una ricca *riza* d'oro per il vostro angelo sigillato, e appena me lo daranno, noi lo sostituiremo. Mi accingo a farlo domani stesso ».

Noi lo ringraziamo, ma diciamo:

«Però non accingetevi né domani né dopodomani, signore».

Lui dice:

«E per quale motivo?»

E noi rispondiamo:

«Perché, dico, signore, prima di tutto dobbiamo avere in sostituzione un'icona tale che s'assomigli come due gocce d'acqua a quella vera, e di maestri del genere qui non ce ne sono, e non se ne trova da nessuna parte, nelle vicinanze».

«Sciocchezze» dice «porterò io stesso un artista dalla città; quello dipinge magnificamente non solo le copie, ma anche i ritratti veri».

«No, signore» rispondiamo «voi questo non avrete la bontà di farlo, perché, in primo luogo, attraverso questo artista mondano la voce potrebbe diffondersi e non è il caso, e in secondo luogo perché un pittore, un'opera del genere, non la può fare.»

L'inglese non ci crede, allora io mi sono alzato e gli spiego tutta la differenza: che adesso, dico, i pittori mondani quell'arte non ce l'hanno: loro hanno i colori a olio, mentre là le tinte sono diluite nell'uovo e tenere, e in pittura il tocco è sporco, perché abbia l'aria naturale solo da lontano, mentre qui il tocco è elegante e nitido anche da vicinissimo; e poi l'artista mondano, dico, non può andare bene nemmeno per la trasposizione stessa di un disegno, perché a loro è stato insegnato di rappresentare quello che è contenuto nel corpo dell'uomo terrestre, attaccato ai valori mondani, mentre nella sacra iconografia russa viene rappresentato un tipo di viso celestiale, sul conto del quale un uomo materiale non può nemmeno farsi una vera e propria idea».

Lui a questo si è interessato di più, e domanda:

«Ma dov'è» dice «che sono i maestri che capiscono ancora questo tipo speciale?»

«Adesso» riferisco «sono molto rari (anche a quei tempi vivevano nella più severa segretezza). Nel villaggio di Mstëra[40]» dico «c'è il maestro Chochlóv, ma è ormai un uomo di anni molto antichi, non lo si può portare in un viaggio lontano; e a Pàlichovo ci sono due uomini, anche loro è difficile che vengano, e per di più» dico «per noi non vanno bene né i maestri di Mstëra né quelli di Pàlichovo».

«E come mai?» cerca di capire.

«Ma perché loro» rispondo «non hanno la stessa maniera: quelli di Mstëra fanno il disegno con la testa grossa e il tratto è torbido, mentre quelli di Pàlichovo hanno il tono turchino, e tutto tira al mirtillo».

«Allora» dice «come si può fare?»

«Non lo so» dico «nemmeno io. Ho sentito dire che a Mosca c'è ancora il bravo maestro Silacëv: e lui s'è fatto un nome tra i nostri di tutta la Russia, ma lui compiace più il gusto novgorodese e degli zar moscoviti, mentre la nostra icona è opera di Stróganov, ha tinte più chiare e dense, perciò ci può andare bene solo il maestro Sevast'ân dell'Oltremoscova, ma lui è un viaggiatore accanito: se ne va per tutta la Russia, lavora come restauratore per i vecchiocredenti, e non si sa dove andarlo a cercare».

L'inglese ha ascoltato con piacere tutte queste cose che gli ho riferito e ha sorriso, e poi risponde:

«Siete gente» dice «piuttosto buffa, ma ad ascoltarvi, fa perfino piacere, perché tutto quello che riguarda il vostro mondo lo sapete bene, e perfino l'arte sapete apprezzare».

«Ma come potrei» dico «signore, non apprezzare l'arte: in questo caso è arte divina, e da noi ci sono amatori anche tra i mugikì più semplici, che non solo distinguono tutte le scuole, per esempio in cosa si distinguono una dall'altra nel tocco: se sono di Ùstûžna o di Nóvgorod, di Mosca o di Vólogda, siberiani o degli Stróganov, ma anche all'interno della stessa scuola di famosi maestri antichi russi distinguono senza errore il lavoro dell'uno dall'altro».

«Ma» dice «come è mai possibile?»

«Tale quale» rispondo «come voi riconoscete la scrittura di penna di una persona dall'altra, loro uguale: danno un'occhiata e vedono subito chi l'ha raffigurato: Kuz'mà, Andréj o Prokófij».

«Da quali segni?»

«C'è per esempio» dico «una differenza nel procedimento sia della trasposizione del disegno, sia nel tipo di pittura, negli spazi vuoti, nei movimenti dei personaggi e nella tessitura».

Lui ascolta tutto; e io gli racconto che ho saputo della pittura di Ušakóv, di quella di Rublëv, e dell'antichissimo artista russo Paramšin[41], le icone della cui produzione i nostri zar e prìncipi devoti hanno donato come benedizione ai figli e nei propri testamenti hanno ordinato di custodire quelle icone come pupilla degli occhi[42].

L'inglese a questo punto ha tirato fuori il proprio taccuino e domanda: potete ripetere com'è il nome dell'artista e dove si possono vedere i suoi lavori? E io rispondo:

«È inutile, signore, che vi mettiate a cercarli: non ne è rimasta memoria da nessuna parte».

«E dove sono finiti?»

«Non so» dico «se ne abbiano fatto cannelli per la pipa o li abbiano barattati coi tedeschi in cambio di tabacco».

«Questo» dice «non è possibile».

«Al contrario» rispondo «è del tutto plausibile e ce ne sono esempi: a Roma dal papa in Vaticano ci sono icone tripartite dipinte dai nostri isografi russi Andréj, Sergéj e Nikìta nel Duecento. Questa miniatura a molti personaggi, dico, è talmente sbalorditiva, che, dicono, anche i massimi maestri stranieri, guardandola, sono andati in visibilio per la fattura miracolosa».

«E a Roma come ci è finita?»

«Pietro Primo l'ha regalata a un prete straniero, e quello l'ha venduta».

L'inglese ha sorriso e si è messo a pensare, e poi dice piano che da loro in Inghilterra ogni quadro viene conservato di generazione in generazione e in quel modo serve a far capire da quale famiglia si discende.

«Beh, noi invece» dico «abbiamo un'altra educazione, con le tradizioni degli antenati il legame si è sciolto, e così tutto sembra più nuovo, come se tutta la stirpe russa fosse stata covata solo ieri dalla chioccia sotto l'ortica.»

«Ma se la vostra ignoranza nell'istruzione è tanta» dice «allora come mai voi, che avete serbato l'amore per le cose dei padri, non vi date da fare per sostenere la vostra artisticità naturale?»

«Non c'è modo» rispondo «in cui noi possiamo, gentile signore, sostenerla, perché nelle nuove scuole d'arte si è sviluppata dappertutto una depravazione del sentimento e la ragione si sottomette alla vanità. L'alta ispirazione è andata perduta e tutto si radica nel terreno e respira di passione terrena. I nostri pittori più nuovi hanno cominciato a raffigurare il principe Potëmkin Tavrìčeskij come se fosse l'arcistratega Michele[43], e ora sono già arrivati al punto di dipingere Cristo Salvatore da giudeo. Cos'altro ci si può aspettare da gente del genere? I loro cuori non circoncisi, forse, rappresenteranno anche altro e comanderanno di venerarlo come una divinità: in Egitto sia il toro sia un arco dalle piume rosse venivano venerati come dèi: solo che noi non veneriamo gli dèi altrui e il viso giudeo non lo prendiamo per il volto del Salvatore, e queste raffigurazioni, per quanto siano frutto di abilità, le consideriamo anzi oscena ignoranza e ci ripugnano, poiché la tradizione dei padri dice "che la diversione degli occhi distrugge la purezza della ragione, come una fontana rotta insozza l'acqua"».

Io con questo ho finito e ho taciuto, e l'inglese dice:
«Continua: mi piace come ragioni».
Io rispondo:
«Ho già finito tutto», ma lui dice:
«No, raccontami ancora che cosa s'intende secondo la vostra concezione per raffigurazione ispirata».
La domanda, gentili signori, per un uomo semplice è piuttosto complicata, ma io, non c'è niente da fare, ho cominciato a raccontare come viene dipinto a Nóvgorod il cielo stellato, e poi mi sono messo a spiegare la raffigurazione kievita nella basilica di Santa Sofia, dove ai lati del dio Sabbaoth stanno sette arcistrateghi con le ali, che naturalmente non assomigliano a Potëmkin; e sulla soglia dell'antiporta ci sono i profeti e gli avi; un gradino più giù Mosè con le tavole della legge; più in basso ancora Aronne con la mitria e lo scettro; sugli altri gradini il re Davide con la corona, il profeta Isaia con il cartiglio, Ezechiele con le porte chiuse, Daniele con la pietra e intorno a loro i supplicanti che indicano la via del cielo, sono raffigurate i doni che può raggiungere l'uomo con questa via gloriosa, ossia: il libro con i sette sigilli, dono della saggezza, il candelabro a sette braccia, dono della ragione; i sette occhi, dono dell'avvedutezza; sette corni di tromba, dono della forza; la mano destra tra le sette stelle, dono della visione; i sette incensieri, dono della devozione; i sette fulmini, dono della paura di Dio. «Ecco» dico «una rappresentazione simile serve a elevarsi!»
E l'inglese risponde:

«Scusami, caro: io non ti capisco, perché questo lo consideri utile a elevarsi?»

«Ma perché, dico, una rappresentazione simile parla chiaramente all'anima che il cristiano deve pregare e anelare per innalzarsi dalla terra verso la gloria ineffabile di Dio».

«Ma la stessa cosa» dice «chiunque la può capire dalle Scritture e dalle preghiere».

«Oh, assolutamente no» rispondo «le Scritture non è dato a tutti capirle, e chi non capisce del tutto può rimanere all'oscuro anche nella preghiera: uno sente parlare di "grandezza e ricchezza della pietà" e magari pensa che si parli di soldi, e prega con ingordigia. Quando invece vede davanti a sé la raffigurazione della gloria celeste, pensa alla più elevata prospettiva della vita e capisce come si fa a raggiungere questo scopo, perché qui è tutto semplice e ragionevole: preghi l'uomo prima di tutto che venga dato all'anima sua il dono del timore di Dio, questo subito gli darà sollievo passo dopo passo, a ogni passo facendo propria l'abbondanza di doni superiori, e in quei momenti di preghiera all'uomo sia i soldi sia tutta la gloria terrena sembreranno nient'altro che una maschinità davanti al Signore».

A questo punto l'inglese si alza dal suo posto e dice allegro:

«Ma voi, bislacchi, per cosa pregate?»

«Noi» rispondo «preghiamo per una fine cristiana della vita e una buona risposta al giudizio universale».

Lui ha sorriso e d'un tratto ha tirato la tenda verde con la corda dorata, e dietro quella tenda sta seduta in poltrona la sua moglie inglese davanti a una candela e lavora a maglia con dei ferri lunghi. Era una signora splendida, benevola, e anche se non parlava molto la nostra lingua, capiva però tutto e, di sicuro, aveva voglia di ascoltare la conversazione di me e di suo marito sulla religione.
E che cosa pensate? Come è stata scostata questa tenda che la nascondeva, lei subito si alza, come in un fremito, e viene, carina, verso di me e Lukà, porge entrambe le manine a noi mugikì e negli occhi le luccicano le lacrime, e ci stringe le mani, e dice:
«Bravi genti, bravi genti rusi!»
Io e Lukà per questa sua parola buona le abbiamo baciato entrambe le manine, e lei ha accostato le sue labbra alle nostre teste di mugikì.»

Il novellatore si fermò e, copertisi gli occhi con la manica, se li strofinò piano e disse in un sussurro: «Una donna commovente!» e poi, rimessosi, continuò di nuovo:
«Dopo questi suoi gesti teneri lei, questa inglese, ha cominciato a dire qualcosa del genere a suo marito nella lingua loro, a noi incomprensibile, ma già solo dalla voce si capisce che, di sicuro, sta chiedendo qualcosa per noi. E l'inglese – si vede che gli fa piacere questa bontà nella moglie – la guarda, tutto splendente di orgoglio, e continua a carezzare la testa alla moglie, e intanto, come un colombo, tuba a modo suo: «gut, gut», o come altro si dice nella loro

lingua, ma si capisce soltanto che lui la elogia e le dice di sì di qualcosa, poi si è avvicinato allo scrittoio, ha tirato fuori due pezzi da cento e dice:

«Eccoti, Lukà, i soldi: vai a cercare dove sai dalle vostre genti l'isografo abile che vi serve, che vi faccia il necessario e dipinga anche qualcosa a mia moglie nel vostro genere: lei vuole dare un'icona come questa a suo figlio, e per tutte le preoccupazioni e le spese ecco, mia moglie vi dà questi soldi».

E lei attraverso le lacrime sorride e precisa:

«Ni-ni-ni: questo è da lui, ma io sono una persona a parte», e dicendo questa parola svolazza oltre la porta e di là porta in mano un terzo biglietto da cento.

«Il marito» dice «me l'ha regalato per il vestito, ma io il vestito non lo voglio, e li regalo a voi».

Noi, s'intende, abbiamo fatto per rifiutare, ma lei non vuole neanche sentirne parlare ed è corsa via, mentre lui dice:

«No» dice «non osate dirle di no e prendete quello che vi dà» e si è girato dall'altra lui e dice: «e andatevene via, bislacchi!»

Ma noi di questa cacciata, s'intende, non ci siamo offesi neanche un po', perché anche se lui, questo inglese, ci ha girato ale spalle, noi l'abbiamo visto che l'ha fatto per nascondere che si era commosso pure lui.

E così, egregi signori, gli uomini del tutto come noi ci hanno mal giudicato, mentre la nazionalità inghilese[44] ci ha consolato e ci ha dato nell'anima un fervore tale, come se avessimo fatto un bagno di resurrezione!

A partire da questo momento in poi, gentili signori, comincia la parte di mezzo del mio racconto, e vi esporrò in breve: come io, preso il mio Levóntij dalle briglie d'argento, sono partito alla ricerca dell'isografo, e quali luoghi abbiamo visitato, quali uomini abbiamo visto, quali nuovi miracoli ci si sono palesati e cosa, infine, abbiamo trovato e cosa abbiamo perso, e con cosa siamo tornati.

Capitolo decimo

Nel cammino dell'uomo che va in giro la prima cosa è il compagno di viaggio; con un compagno intelligente e buono anche il freddo e la fame sono più lievi, e a me questo bene era stato dato nel miracoloso adolescente Levóntij. Io e lui ci siamo incamminati a piedi, avendo con noi i sacchi e una somma sufficiente, e per la difesa loro e della nostra vita avevamo con noi una vecchia sciabola corta con un largo manico, che avevamo sempre conservato per un'occasione di pericolo. Abbiamo compiuto noi il nostro cammino fingendoci uomini di commercio, inventando come capitava a seconda del posto il motivo per il quale stiamo viaggiando, e invece noi, s'intende, perseguivamo la nostra causa. Proprio all'inizio ci siamo fermati a Klincý e a Zlýnka, poi siano andati a trovare qualcuno dei nostri ad Orël, ma non abbiamo ottenuto nessun risultato utile: da nessuna parte abbiamo trovato bravi isografi, e così siamo arrivati fino in Mosca. Ecco cosa dirò: ahimè, Mosca! ahimè, gloriosissima regina dell'antica società russa! noi, vecchiocredenti, non siamo stati consolati nemmeno da te.

Non ho voglia di dirlo, ma non lo si può tacere, in Mosca non abbiamo trovato lo spirito che bramavamo. Ci siamo resi conto che le antiche usanze qui non si basano sull'amore per la bontà e la devozione, ma solo culla cocciutaggine, e convincendoci ogni giorno sempre più di questo, io e Levóntij abbiamo cominciato a vergognarci uno dell'altro, perché tutti e due vedevamo quello che per un pacifico seguace della fede è mortificante vedere: ma, tuttavia, vergognandoci ognuno tra sé, tra noi di tutto questo non abbiamo fatto parola.

Di isografi, s'intende, in Mosca se ne trovavano, e anche di assai abili, ma che utilità c'era, dal momento che non erano uomini dello spirito di cui narrano le tradizioni dei padri? Anticamente gli artisti devoti, accingendosi all'arte sacra, digiunavano e pregavano, e producevano allo stesso modo, sia per le grandi somme sia per quelle piccole, come vuole l'onore dell'impresa elevata. Questi invece a uno dipingono con il nerazzurro, a un altro col petrolio bianco, e per poco tempo, non per la lunghezza delle giornate; posano dei fondi di gesso, deboli, non di alabastro,e pigramente tirano subito il colore, non come anticamente tiravano fino a quattro e addirittura fino a cinque passate di colore liquido come l'acqua, per cui si otteneva quella tenerezza miracolosa ora irraggiungibile. E accanto alla negligenza nell'arte, essendosi tutti quanti indeboliti, tutti si magnificano uno davanti all'altro e, per sminuire un altro, lo accusano di qualsiasi cosa; o peggio ancora, riunitisi in bande, compiono di concerto gli inganni più furbi, si radunano nelle locande e là bevono vino ed elogiano la propria arte con una faccia tosta altezzosa, e – blasfemi – chiamano il mestiere altrui "pittura infernale", e intorno a loro sempre come passeri dietro alle civette i rigattieri, che si passano di mano in mano qualsiasi icona antica, se le scambiano, se le barattano, falsificano le tavole, le affumicano nelle cappe, ci fanno crepe e tarlature; fondono in rame la *riza* secondo l'antico modello cesellato; ci passano lo smalto del tipo antidiluviano; forgiano fonti battesimali coi catini e sopra aquile antiche, come c'erano ai tempi del Minaccioso[45], mettono in mostra e vendono ai credenti inesperti per autentici fonti del quattrocento, anche se di fonti del genere chissà quanti ne circolano per la Rus', e tutto ciò è inganno e menzogna svegognata. Per dirlo in una parola, tutti questi uomini, come gli zigani neri si ingannano l'un l'altro coi cavalli, loro invece con le cose sacre, e con un tale atteggiamento che si prova vergogna per loro e in tutto questo si vede solo peccato e tentazione e infrazione della fede. Chi si è abituato a questa svegognatezza, non gliene fa nulla, e tra gli amatori moscoviti molti anzi si interessano e si vantano di questi scambi disonesti; che quello ha fregato quell'altro con un *déisus*, mentre questo ha imbrogliato quest'altro con un Nicola, o in questa maniera vile gli ha rifilato anche una Madonna falsa: e tutto questo per loro è acqua fresca, e prima uno poi l'altro si apprestano a fare qualcosa uno contro l'altro, come imbrogliare con la benedizione divina i credenti inesperti, ma a me e Lëva, essendo semplici credenti di campagna, tutto questo ci è sembrato a tal punto insopportabile, che a tutti e due è venuta nostalgia e ci è venuta paura.

"Ma è possibile" pensiamo "che la nostra antica fede sventurata di questi tempi si sia ridotta così?" La penso così io, ma anche lui, vedo, serba lo stesso sentimento nel cuore mortificato, e però non lo sveliamo uno all'altro, io mi accorgo solamente che il mio adolescente continua a cercarsi un posto solitario.

Una volta lo guardo, e penso: "Che lui, sconvolto com'è, abbia fatto qualche brutto pensiero?" e dico:

«Levóntij, cos'hai, che sei tutto afflitto?»

E lui risponde:

«No» dice «zio, non è nulla: sono così».

«Andiamo in via Boženin, dico, nella locanda di Èrivàn' a parlare con gli isografi. Prima due mi hanno promesso di venirci e di portarmi icone antiche. Una l'ho già comprata, ora ne voglio trovare un'altra».

Ma Levóntij risponde:

«No, va' tu, zio, da solo, io non ci vengo».

«E come mai» dico «non ci vieni?»

«Così» risponde «oggi non sto molto bene».

Beh, io la prima volta non lo forzo, e la seconda nemmeno, ma la terza lo invito di nuovo:

«Andiamo, Levónt'ûška, andiamo, bambino».

Ma lui si inchina compiacente e supplica:

«No, zietto, carissimo: permettemi di restare a casa».

«Ma cosa sei venuto a fare, dico, Lëva, ad aiutarmi, che te ne stai sempre a casa e a casa. Mio caro, l'aiuto che mi dai non è poi 'sto gran che».

E lui:

«Oh caro, oh padre, oh Mark Aleksàndrovič, oh signore, non invitarmi là dove mangiano e bevono e fanno discorsi ignobili sulle cose sacre, altrimenti la tentazione può attanagliarmi».

È stata la prima parola consapevole sui propri sentimenti, e mi ha colpito proprio il cuore al punto che non sono stato a discutere con lui, ma sono andato da solo, e quella sera ho avuto una grande conversazione con due isografi e ho avuto da loro un orribile amareggiamento. Fa paura dirlo, quello che mi hanno fatto! Uno mi ha venduto un'icona per quaranta rubli e se n'è andato, mentre l'altro dice:

«O uomo, bada bene di non pregare a questa icona».

Io dico:

«Perché?»

E lui risponde:

«Perché è infernale» e con questo ha grattato con l'unghia, e da un angolo è saltato via uno strato di tinta, e sotto sul fondo è disegnato un diavoletto con la coda! Ha grattato via la tinta in un altro punto, e là sotto di nuovo un diavoletto.

«Oh Signore!» mi sono messo a piangere «ma che roba è?»

«Il fatto è che» dice «è a me che la devi ordinare, e non a lui».

E a questo punto ormai ho capito con chiarezza che sono tutti della stessa risma e che con me hanno intenzione di comportarsi male, senza attenersi all'onore e, lasciata a loro l'icona, me ne sono andato via da loro con gli occhi pieni di lacrime, glorificando Dio che non l'avesse visto il mio Levóntij, la cui fede già si trovava in subbuglio. Ma appena arrivo a casa, vedo che alle finestre della nostra camera che avevamo in affitto non c'è luce, ma invece viene un canto acuto, tenero. Ho subito riconosciuto che è la bella voce di Levóntij che canta, e canta con tale sentimento, che ogni parola sembra faccia il bagno nelle lacrime. Sono entrato piano piano perché lui non sentisse, mi sono messo sulla porta e ascolto come intona il pianto di Giuseppe[46]:

  A chi canterò la tristezza mia,

   Chi inviterò a singhiozzare.

Questi versi, se avete la bontà di conoscerli, sono già di per sé tanto lamentosi, che ascoltarli impassibili è impossibile, mentre Levóntij li canta e intanto piange e singhiozza

  M'hanno venduto i miei fratelli!

E piange, e piange, cantando, mentre vede la tomba di sua madre, e chiama la terra a urlare per il peccato commesso dai fratelli!..

Queste parole possono sempre mettere in agitazione un uomo, e me quella volta in particolare, che ero appena fuggito da quei persecutori di fratelli, mi hanno commosso al punto che mi sono messo a singhiozzare, e Levóntij, sentendolo, ha taciuto e mi chiama:

«Zio! Zi-o!»

«Cosa c'è» dico «bravo giovane?»

«Ma lo sai» dice «chi è questa nostra madre di cui si canta qui?»

«Rachele» rispondo.

«No» dice «in antichità era Rachele, ma ora bisogna interpretarlo come un mistero».

«Come sarebbe» domando «come un mistero?»

«Ma così» risponde «questa parola è pronunciata come esempio».

«Attento» dico «bambino: non stai ragioando in modo pericoloso?»

«No» risponde «Io sento nel mio cuore che il signore Salvatore ci crocifigge perché non lo stiamo cercando con una sola bocca e con un solo cuore».

Mi sono spaventato ancora peggio sulla piega che ha preso, e dico:

«Sai una cosa, Levónt'ûško: andiamocene al più presto via da Mosca nelle terre di Nìžnij Nóvgorod, cerchiamo l'isografo Sevast'ân, ho sentito che ora va là».

«Ma certo: andiamo» risponde «qui in Mosca c'è uno spirito fastidioso che mi infastidisce malamente, mentre là ci sono i boschi, l'aria pura, e là» dice «ho sentito dire, c'è il vecchio saggio Pàmva, un anacoreta che si è liberato del tutto dell'invidia e dell'ira, mi piacerebbe vederlo».

«L'anziano Pàmva» rispondo severo «è un servo della chiesa dominante, cosa dobbiamo vederlo a fare?»

«Non sarà mica un peccato» dice «è proprio per quello che lo vorrei vedere, per capire com'è la grazia della chiesa dominante».

L'ho redarguito, "ma quale mai grazia vuoi che ci sia" dico, ma intanto sento che ha più ragione lui di me, perché ha voglia di provare, mentre io nego quello che non conosco, ma mi intestardisco sulla mia contrarietà e gli dico ogni genere di sciocchezze.

«Quelli di chiesa» dico «anche il cielo non lo guardano con la fede, ma guardano le porte di Aristotele[47] e stabiliscono la rotta in mare secondo la stella del dio pagano Remfàn[48]; e a te è venuta voglia di andare a guardare insieme a loro?»

Ma Levóntij risponde:

«Tu, zio, conti favole: non c'è mai stato e non c'è nessun Dio Remfàn, ma tutto è stato creato da un'unica somma saggezza».

Io a queste parole mi sono fatto ancora più sciocco e dico:

«Quelli della chiesa bevono il caffè!»

«Sai che peccato» risponde Levóntij «il grano di caffè è stato portato in dono al re Davide».

«Ma da dov'è» dico «che hai saputo tutto questo?»

«L'ho letto» dice «nei libri».

«Beh, allora sappi anche che nei libri non è scritto tutto».

«Perché» dice «cos'è che non c'è scritto?»

«Cosa? cosa non c'è scritto?» e non lo so nemmeno io cosa dire, ma gli ho biascicato:

«Quelli della chiesa» dico «mangiano le lepri, e la lepre è impura».

«Non dire impuro» dice «delle creature di Dio, è peccato».

«Come si fa» dico «a non dire impuro delle lepri, quando è impura, quando ha un'impronta asinina e la natura umana e fa venire all'uomo il sangue denso e melanconico?»

Ma Levóntij si è messo a ridere e dice:

«Dormi, zio, parli da illetterato!»

Io, vi confesso, allora non avevo intuìto ancora con chiarezza che cosa fosse successo nell'anima di questo giovane grazioso, ma ero molto contento che non volesse più parlare, poiché mi rendevo conto pure io, che sa il diavolo cosa dico nella rabbia, e sono taciuto e mi sdraio e penso solo:

"No; questo dubbio gli è venuto solo per l'angoscia, ma domani, quando ormai ci alzeremo e c'incammineremo, in lui si disperderà tutto"; ma a ogni buon conto mi sono riproposto di camminare per un po' in silenzio con lui, al fine di mostrargli che fossi molto arrabbiato contro di lui.

Solo che, nel mio carattere passionale, questa fortezza di fingermi arrabbiato non ce l'ho affatto, e presto io e Levóntij abbiamo ricominciato a parlare, non più però di divinità, perché lui era troppo letterato rispetto a me, ma dei circondari, per il che ci davano un pretesto ogni ora le vedute degli enormi boschi scuri per i quali passava il nostro cammino. Di tutto questo la mia conversazione moscovita con Levóntij ho cercato di dimenticarla e ho deciso di osservare solo una cautela, che io e lui evitassimo in qualsiasi modo di imbatterci in questo anziano saggio Pàmva l'anacoreta, da cui Levóntij si sentiva attratto e sulla cui vita elevata io stesso avevo sentito miracoli imperscrutabili da uomini della chiesa.

"Ma è inutile che mi butti giù" penso tra me "se lo eviterò, non sarà mica lui a venirci dietro!"

E camminiamo di nuovo in pace e tranquilli e, alla fine, giunti a posti noti, abbiamo sentito che l'isografo Sevast'ân sta camminando proprio da queste parti, e siamo andati a cercarlo di città in città, di villaggio in villaggio, ed ecco che stiamo andando sulle sue tracce fresche, lo stiamo sempre per raggiungere, ma non riusciamo a raggiungerlo mai. Corriamo proprio come cani da tiro, a tratte di venti, di trenta verste di cammino senza riposarci e, quando arriviamo, ci dicono:

«È stato qui, c'è stato, sarà solo un'ora che se n'è andato!»

Ci gettiamo al séguito, ma non lo raggiungiamo!

Ed ecco d'un tratto a uno di questi passaggi io e Levóntij ci siamo messi a discutere: io dico: «dobbiamo andare a destra» e lui ribatte: «a sinistra» e alla fine mi aveva quasi convinto, ma io ho insistito per la mia strada. Solo che noi camminavamo, camminavamo e, alla fine, vedo, non so dove eravamo capitati, e non c'era più né sentiero né traccia.

Dico al giovine:

«Lëva, torniamo indietro!»

E lui risponde:

«No, zio, non ce la faccio più a camminare, di forze mie non ne ho più»

Mi sono preoccupato e dico:

«Che ti càpita, bambino?»

E lui risponde:

«Non lo vedi» dice «che ho la febbre trematoria?»

E vedo, infatti, che trema tutto, e gli occhi gli girovagano. E come è successo di colpo, gentili signori! Non si lamentava di nulla, camminava con coraggio e d'un tratto s'è seduto nel bosco sull'erba, e ha posato la testa su un ceppo marcio e dice:

«Ohi, la mia testa, la testa! Ahi, la testa mi brucia come un fuoco di fiamma! Non riesco a camminare; non riesco più a fare un passo!» e, poverino, si piega perfino a terra, cade.

Ed è verso sera.

Mi sono orribilmente spaventato, e intanto che aspettavamo qui se il male gli desse un po' di sollievo, è venuta la notte; la stagione è autunnale, buia, il posto è sconosciuto, intorno ci sono solo pini e abeti possenti come gli alberi di Arkath, e il giovane semplicemente sta morendo. Che fare! Gli dico con le lacrime:

«Lëvuška, caro, fai uno sforzo, ché arriviamo a un rifugio».

Ma lui piega la testa come un fiore reciso e delira come nel sonno:

«Non toccarmi, o zio Mark; non toccarmi e non avere paura».

Io dico:

«Perdona, Lëva, come faccio a non avere paura in questo folto impenetrabile».

E lui dice:

«Chi non dorme e veglia sarà salvato».

Io penso: "Oh Signore! che cosa gli succede?" E però nella paura mi sono messo ad ascoltare, e sento che nel bosco in lontananza qualcosa sembra far

scricchiolare i rami... "Oh Signore misericordioso" penso "sarà di certo una belva, e ora ci sbrana!" E non chiamo più Levóntij, perché vedo che lui è come se fosse volato e si librasse chissà dove, ma solo prego: "O angelo di Cristo, proteggici in questa ora terribile!" E lo scricchiolio si sente sempre più vicino, ed ecco ormai arriva proprio a noi... A questo punto, gentili signori, devo confessare una mia grande debolezza: mi sono talmente intimorito che ho lasciato Levóntij malato dov'era sdraiato e io, più agile di uno scoiattolo, mi sono arrampicato su un albero, ho tirato fuori la sciabola e mi siedo su un ramo e guardo quello che sarà, e batto i denti come un lupo spaventato... E d'un tratto mi accorgo, nel buio al quale il mio occhio si è abituato, che dal bosco esce qualcosa di inizialmente del tutto informe, da non riconoscere se è una belva o un brigante, ma mi sono messo a guardare e distinguo che non è né una belva né un brigante, ma un vecchietto molto piccolo col cappuccio, e vedo anche che alla cintola ha un'ascia, e sulla schiena un grande fascio di legna, ed è uscito sulla radura; ha aspirato, ha aspirato l'aria spesso, come se raccogliesse i venti da tutte le direzioni, e d'un tratto ha buttato a terra la fascina e, come sentendo l'odore di un uomo, va dritto dal mio compagno. Si è avvicinato, si è chinato, l'ha guardato in faccia e lo ha preso per mano, e dice:
«Àlzati, o fratello!»

E cosa avete la bontà di pensare? vedo che ha sollevato Levóntij e lo conduce dritto alla sua fascina, e gliel'ha messa sulle spalle e dice:
«Portala per me!»
E Levóntij l'ha portata.

Capitolo undicesimo

Gentili signori, vi potrete immaginare come mi dovevo spaventare di un miracolo del genere! Da dove fosse spuntato questo mite vecchietto imperioso, e come il mio Lëva che prima sembrava propenso alla morte e non riusciva a sollevare la testa, e ora porta già di nuovo una fascina di legna!

Sono balzato in fretta giù dall'albero, mi sono messo la sciabola dietro la schiena legata a una fune, e ho spezzato un bel ramo più robusto perché non si sa mai, li ho seguiti, e presto li ho raggiunti e vedo: il vecchietto cammina avanti, e sulle prime è esattamente uguale a come mi era sembrato a prima vista: piccolo e ingobbito; ma ha la barbetta di lato a ciuffetti, come schiuma bianca di sapone, e dietro a lui il mio Levóntij cammina, ricalca orma su orma dei suoi piedi con vigore e mi guarda. Per quanto io gli parlassi e lo toccassi con le mani, lui non prestava attenzione a me, ma continuava a camminare come fosse nel sonno.

Allora mi sono avvicinato di lato al vecchietto e dico:

«Stimabile uomo!»

E lui risponde:

«Cosa vuoi?»

«Dove ci stai portando?»

«Io» dice «non porto nessuno da nessuna parte, è il Signore che porta tutti!»

E con questa parola d'un tratto si è fermato: e io vedo che davanti a noi c'è una paretina bassa e una porta, e nella porta è aperta una finestrella, e in questa finestrella il vecchietto s'è messo a bussare e chiama:

«O fratello Mirón! O fratello Mirón!»

E di là una voce insolente risponde volgare:

«Ancora, ti sei trascinato qui di notte. E dormi nel bosco! Io non ti faccio entrare!»

Ma il vecchietto di nuovo giù a chiedere, a pregare teeramente:

«Fammi entrare, o fratello!»

L'insolente d'un tratto ha aperto la porta, e vedo che anche quest'uomo ha lo stesso cappuccio come il vecchietto, ma solo che è un rozzaccio severo severissimo, e non ha fatto in tempo il vecchietto a varcare la soglia che lui gli ha dato un colpo che per poco non l'ha fatto cadere e dice:

«Che Dio ti salvi, fratello mio, per il tuo favore».

"O Signore!" penso "dov'è che siamo finiti" e d'un tratto mi ha illuminato e colpito una specie di lampo.

"O salvatore tanto misericordioso!" ho intuìto "vuoi dire che questo è Pàmva senza ira! Sarebbe stato meglio" penso "che morissi nel folto del bosco, o per una belva, o che finissi nella tana di un brigante, piuttosto che sotto lo stesso tetto con lui".

E appena ci ha fatti entrare in una piccola casupola e ha acceso una candela di cera gialla, ho subito indovinato che siamo davvero in uno *skit* nel bosco e, non potendone più, dico:

«Perdona, stimabile uomo, io ti domando: è il caso e che io e il mio compagno restiamo qui dove ci hai portato?»

E lui risponde:

«Tutta la terra è del Signore e sono benedetti tutti i viventi, sdràiati, dormi!»

«No, permetti» dico «di dichiararti che noi siamo vecchiocredenti».

«Tutti» dice «siamo rami di un solo corpo di Cristo! Lui raccoglierà tutti!»

E con questo ci ha portati in un angolo dove sul pavimento aveva fatto un misero letto di corteccia di tiglio e alla testa una fetta di tronco coperta di paglia, e di nuovo supplica tutti e due:

«Dormite!»

Ebbene? Il mio Levóntij, giovane obbediente, si è subito sdraiato e io, osservando il suo timore, dico:

«Perdona, uomo di Dio, ancora una domanda...»

Lui risponde:

«Cosa domandare: Dio sa tutto».

«No, dimmi:» dico «come ti chiami?»

E lui, con una vocina da baba che non gli si confaceva affatto, dice:

«Mi chiamano a vanvera, mi chiamano papera» e a queste parole vane si è arrampicato con la candela in un piccolo soppalco, stretto come una bara di legno, e da dietro il muro contro di lui quel rozzaccio s'è messo a gridare di nuovo:

«Ad accendere il fuoco, non provarci: incendierai la cella, col libro pregherai di giorno, adesso prega al buio!»

«Non lo farò» risponde «o fratello Mirón, non lo farò. Che Dio ti salvi!»

E ha soffiato sulla candela.

Sussurro:

«O padre! chi è questo che ti minaccia così rozzamente?»

E lui risponde:

«È il mio servo Mirón... un brav'uomo, mi sorveglia».

"Oh, basta!" penso "è l'anacoreta Pàmva! Nessun altro è privo di invidia e di rabbia come lui. Ma che peccato! ci ha aggirati e ora ci divorerà come la cancrena il grasso; resta solo una cosa, domani all'alba presto portare via Levóntij e scappare di qui in modo che non sappia dove siamo". Tenendo questo piano, mi sono riproposto di non dormire e di osservare il primo chiarore per svegliare il giovane e scappare.

E per non addormentarmi e dormire oltre il necessario, dico e ripeto il «credo» come si deve alla vecchia maniera, e appena l'ho detto una volta, subito prédico: "questa è la fede apostolica, questa è la fede cattolica[49], questa fede è la base dell'universo", e ricomincio. Non so quante volte ho recitato il "Credo" per non addormentarmi, comunque molte; e il vecchietto continua a pregare nella sua bara, e di là attraverso le fessure delle assi mi sembra di vedere una luce e vedo che si inchina, e poi d'un tratto mi sembra di cominciare a sentire una conversazione, e quale... la più inspiegabile: come se Levóntij fosse entrato dal vecchio saggio, e loro parlano di fede, ma senza parole, solo così, si guardano e si capiscono. E mi è sembrato che andasse avanti così per un pezzo, avevo già dimenticato di ripetere il "Credo", e sento come se il vecchio dicesse al giovane: "Va' a purificarti" e quello risponde: "Mi purificherò". E ora non vi so dire se tutto questo sia stato in sogno o non in sogno, so solo che dopo ho ancora dormito a lungo e, alla fine, mi sveglio e vedo: è mattino, chiarissimo, e il vecchio, il nostro padrone di casa, l'anacoreta, è seduto e rivolta con un grosso ago una scarpa di tiglio sulle ginocchia. Mi sono messo a osservarlo.

Ah, che bello! ah, com'è spirituale! È seduto come un angelo davanti a me e intreccia la scarpa per apparire semplice al mondo.

Lo guardo e vedo che lui mi guarda e sorride, e dice:

«Basta, Mark, dormire, è ora di fare le faccende».

Io ribatto:

«Qual è, uomo di Dio, la mia faccenda? O tu sai tutto?»

«Lo so» dice «lo so. E quando mai un uomo compie un cammino lontano senza una faccenda? Tutti, o fratello, tutti cercano il sentiero di Dio. Che il Signore aiuti la tua rassegnazione, che l'aiuti!»

«Ma quale mai» dico «sant'uomo, rassegnazione mia? tu sei rassegnato, ma la mia che razza di rassegnazione è, nella vanità!»

E lui risponde:

«Ah no, fratello, no, non sono rassegnato: sono un grande sfacciato, io desidero una parte per me nel regno dei cieli».

E d'un tratto, rendendosi conto di questo crimine, ha congiunto le mani e si è messo a piangere come un bambino piccolo.

«O Signore!» prega «non adirarti con me per la mia volubilità: mandami nel più basso degli inferni e ordina ai demoni di tormentarmi come mi merito!»
"Beh" penso "no: grazie a Dio non è Pàmva l'anacoreta veggente, ma è solo un vecchietto a cui manca una rotella». Ho ragionato così perché chi di buon senso può negarsi il regno dei cieli e pregare affinché il Signore lo mandi dai demoni nel tormento? Io un desiderio del genere in tutta la vita non l'ho mai sentito da nessuno e, considerandola follia, mi sono disgustato del pianto del vecchio, considerandolo una mortificazione demoniaca. Però, alla fine, ragiono: cosa me ne sto sdraiato, è ora di alzarsi, ma solo che d'un tratto vedo che si apre la porta ed entra il mio Levóntij, del quale è come se mi fossi dimenticato del tutto. E come è entrato, subito si butta ai piedi del vecchio saggio e dice:
«Io, padre, ho fatto tutto: ora benedicimi!»
E il vecchio saggio lo ha guardato e risponde:
«Pace a te: riposa!»
E il mio giovane, guardo, gli si è inchinato fino a terra ed è uscito, e l'anacoreta si è messo di nuovo a intrecciare la sua scarpa.
A questo punto sono sùbito scattato su e penso:
"No; vado subito a prendere Lëva, e ce la svigneremo di qui senza voltarci a guardare!" e con questo esco nel piccolo andito e vedo che il mio giovane è sdraiato su una panca di legno senza guanciale a pancia in su e ha congiunto le mani sul petto.

Io, per non fargli vedere che ero ansioso, domando forte:

«Non sai dove posso attingere l'acqua per lavarmi la faccia?» e gli sussurro in un sussurro: «Ti supplico per Dio vivo, andiamocene al più presto!»

Ma lo fisso e vedo che Lëva non respira... Se n'è andato!.. È morto!..

Ho ululato con una voce non mia:

«Pàmva! padre Pàmva, hai ucciso il mio giovane!»

E Pàmva è uscito tranquillo sulla soglia e dice con gioia:

«Il nostro Lëva è volato via!»

Mi ha fin preso male.

«Sì» rispondo tra le lacrime «è volato via. Gli hai cavato l'anima, come una colomba dalla gabbia!» e, piegatomi ai piedi del morto, ho singhiozzato e pianto su di lui addirittura fino a sera, quando dal monastero sono arrivati i monaci, hanno ordinato le sue spoglie, l'hanno messo nella bara e l'hanno portato via, dato che quel mattino, intanto che io, incapace, dormivo, Levóntij era entrato a far parte della chiesa.

Non ho più detto neanche una parola a padre Pàmva, e cosa potevo dirgli: a insultarlo, mi avrebbe benedetto, a picchiarlo, si sarebbe inchinato fino a terra, è invincibile l'uomo con tanta rassegnazione! Di cosa dovrebbe avere paura, quando è lui stesso a chiedere di andare all'inferno? No, non per nulla trepidavo per lui e temevo che ci risucchiasse come la cancrena il grasso. Lui, con tutta la sua rassegnazione, finirà per cacciare dall'inferno anche tutti i demoni o li farà ritornare a Dio! Loro cominceranno a tormentarlo, e lui supplicherà: "picchiatemi più crudelmente, perché me lo merito". No, no! Una rassegnazione simile nemmeno Satana la può tollerare! si consumerà contro di lui tutte le mani, si romperà gli artigli e capirà la propria impotenza davanti al Creatore, che ha creato un amore del genere, e si vergognerà davanti a lui.

Così ho risolto tra me, che questo vecchio saggio con la scarpa di tiglio è stato creato per la rovina dell'inferno! e, girovagando per tutta la notte per il bosco, non so perché non vado avanti, e continuo a pensare:

"Ma com'è che prega, in che modo e secondo quali libri?"

E mi ricordo che da lui non ho visto neanche un'icona, tranne la croce di bastoncini legata con la corteccia di tiglio, e non ho visto nemmeno libroni...

"O Signore!" ho il coraggio di ragionare "se solo nella chiesa ci sono due persone così, siamo perduti, perché questo è tutto animato d'amore".

E continuavo a pensare e pensare a lui e d'un tratto verso mattino ho cominciato a desiderare di vederlo almeno per un momento prima di andarmene di qui.

E non appena l'ho pensato, di colpo sento di nuovo, di nuovo quello stesso crepitio, e padre Pàmva esce di nuovo con l'ascia e con la fascina di rami e dice:

«Come mai hai indugiato tanto? Ti affretti a costruire Babilonia?»

Questa parola a me è sembrata molto amara, e ho detto:

«Perché mi rimproveri, vecchio, con questa parola: io non costruisco nessuna Babilonia e dalla porcheria di Babilonia mi tengo in disparte.»

Ma lui risponde:

«Cos'è Babilonia? una colonna di vanagloria; non vantarti della verità, se no l'angelo ti abbandonerà».

Io dico:

«Padre, lo sai perché sono in cammino?»

E gli ho raccontato tutto il nostro dolore. E lui ha ascoltato tutto, e risponde:

«L'angelo è mite, l'angelo è mansueto, lui si veste di qualsiasi cosa gli ordini il Signore; quello che gli indicherà, lui lo compirà. Ecco l'angelo! Lui vive nell'anima dell'uomo, gli sragionamenti l'hanno fatto sigillare, ma l'amore distruggerà il sigillo...»

E detto questo, vedo, lui si allontana da me, ma io non riesco a distogliere gli occhi da lui e, non essendo in condizione di farmi forza, sono caduto e mi sono inchinato al suo séguito fino a terra, e alzo la faccia e vedo che non c'è già più, o è andato per legna, o... il Signore sa dove s'è cacciato.

A questo punto mi sono messo a ripassare mentalmente le sue parole, cosa significa: "l'angelo vive nell'anima, e è stato sigillato, ma l'amore lo libererà", e d'un tratto penso: "E se fosse lui stesso l'angelo, e Dio gli ordinasse di apparirmi in un altro aspetto: morirò come Levóntij!" Avendo avuto questa illuminazione, io non ricordo più, ho attraversato un fiume su una canapa e mi sono precipitato a correre: ho camminato sessanta verste senza fermarmi, tutte nella paura, pensando se non era l'angelo quello che avevo visto, e d'un tratto entro in un villaggio e trovo qui l'isografo Sevast'ân. Subito ci siamo messi d'accordo su tutto e abbiamo stabilito di andare domani stesso, ma abbiamo avuto contatti freddi e siamo partiti ancora più freddi. E come mai? Primo, perché l'isografo Sevast'ân era una persona pensierosa, e ancora più di quello perché io non ero più lo stesso: mi aleggiava nell'anima l'anacoreta Pàmva, e le labbra sussurravano parole del profeta Isaia, che «lo spirito di Dio è nelle narici di quest'uomo»[50].

Capitolo dodicesimo

La strada di ritorno io e l'isografo Sevast'ân l'abbiamo fatta in fretta e, arrivati al nostro cantiere di notte, qui abbiamo trovato tutto a posto. Dopo avere visto i miei, siamo subito andati anche dall'inglese Âkov Âkovlevič. Quello, curioso com'è, subito s'è interessato di vedere l'isografo e gli ha guardato le mani e si è stretto nelle spalle, perché le mani di Sevast'ân erano grosse come rastrelli e nere, anzi, lui era tutto quanto di aspetto nero come uno zingaro.

Âkov Âkovlevič dice:

«Mi stupisco, fratello, che tu possa dipingere con delle mani del genere.»

Ma Sevast'ân risponde:

«E come mai? Cos'hanno le mie mani che non va?»

«Con quelle» dice «una cosa minuscola non la puoi tratteggiare».

Quello domanda:

«Perché?»

«Perché l'agilità della composizione delle dita non lo permette».

E Sevast'ân dice:

«Sono sciocchezze! Le mie dita possono forse permettermi o non permettermi qualcosa? Sono io il loro signore, e loro sono le mie serve e mi si sottomettono».

L'inglese sorride.

«Allora tu» dice «ci rifarai l'angelo sigillato?»

«E come no» risponde «non sono di quei maestri che hanno paura dell'opera, è l'opera ad avere paura di me; la rifarò che non la distinguerete nemmeno dall'originale».

«Bene» disse Âkov Âkovlevič «cercheremo subito di procurarci l'icona vera, e tu intanto, per convincermi, dimostrami la tua arte: dipingi un'icona a mia moglie nel genere anticorusso, tale che le piaccia».

«In onore di cosa?»

«Questo» dice «non lo so; quello che sai, dipingi, per lei è lo stesso, basta che le piaccia».

Sevast'ân ci ha pensato e risponde:

«Ma per cosa prega di più Dio vostra moglie?»

«Non lo so» dice «amico mio; non so per cosa, ma credo, più certo di tutto, per i bambini, che dai bambini crescano uomini onesti».

Sevast'ân ci ha pensato di nuovo e risponde:

«Va bene signore, la compiacerò in questo gusto».

«E come la compiacerai?»

«Farò figure che saranno da contemplare e gradevoli al rafforzamento dello spirito di preghiera di vostra moglie».

L'inglese ha ordinato di dargli tutte le comodità della sua torre, solo che Sevast'ân non si è messo a lavorare là, ma si è seduto alla finestrella della soffitta sopra Lukà Kirìlov e ha cominciato la sua azione.

E quello che lui, miei signori, ha fatto, non potevamo immaginarcelo. Dato che si parlava di bambini, pensavamo che avrebbe raffigurato Romano il taumaturgo, che viene pregato per la sterilità, o la strage degli innocenti a Gerusalemme, che fa sempre piacere alle madri che hanno perso un bambino, poiché là Rachele piange con loro per i bambini e non vuole consolarsi; ma questo saggio isografo, capito che l'inglese i bambini ce li ha e che eleva la preghiera non per averli, ma per la rettitudine della loro moralità, ha preso e ha disegnato tutt'altro, più confacente agli scopi di lei. Ha scelto per questo una vecchia piccolissima tavola spannometrica, ossia di lunghezza uguale alla spanna di una mano, e s'è messo a esercitarvi il proprio talento. Prima di tutto, s'intende, ha dato per benino il fondo di forte alabastro di Kazàn', tanto che questo fondo è diventato liscio e forte come avorio, e poi ci ha diviso quattro parti uguali e in ciascun quadratino ha indicato una piccola icona particolare, e poi li ha ristretti ancora perché tra di loro ha messo un bordo d'oro con l'olio di oliva, e si è messo a disegnare: nel primo quadratino ha disegnato la nascita di Giovanni Battista, otto figure e il neonato, e le tende; nel secondo la nascita della santissima Dominatrice la Madonna, sei figure e la neonata, e le tende; nel terzo la nascita purissima del Salvatore, e la stalla, la mangiatoia, e la Dominatrice e Giuseppe in piedi, e i magi divini in ginocchio, la levatrice Salomé[51], e ogni genere di bestiame: buoi, pecore, capre e asini e l'uccello gabbiano, vietato agli ebrei, che viene raffigurato per significare che questo non viene dal giudaismo, ma dalla divinità che ha creato tutto[52]. E nel quarto reparto la nascita di Nicola il Devoto, e di nuovo qui il santo devoto da piccolo, e le tende e molti presenti. Quanto senso aveva qui, vedere davanti a sé gli educatori di bambini così bravi, e quanta arte c'era; tutte le figurine erano alte come uno spillo, eppure si vede tutta la loro animazione e il movimento. Nella natalità della Madonna, per esempio, sant'Anna, come è indicato nell'originale greco, è sdraiata sul letto, davanti a lei sono in piedi le vergini suonatrici di timpano e alcune tengono i doni, e altre un girasole, altre delle candele. Una donna tiene sant'Anna sotto le ascelle; Gioacchino guarda le tende di sopra; una donna lava la santa madre di Dio in un fonte battesimale fino alla cintola: di lato una vergine versa da un recipiente l'acqua nel fonte. Le tende sono tutte disposte in cerchio, la superiore verde e l'inferiore purpurea, e in questa tenda inferiore stanno Gioacchino e Anna al trono, e Anna tiene la santissima madre di Dio, e intorno tra le tende ci sono colonne di pietra, tendaggi lampone chiaro, e lo steccato è bianco e ocra. È un miracolo, un miracolo tutto questo che Sevast'ân ha raffigurato, e in ogni visino minutissimo ha espresso tutta la visione di Dio, e ha fatto l'iscrizione "I bravi bambini", e l'ha portata agli inglesi. Quelli l'hanno guardata, si sono messi a decifrarla, e congiungono le mani: mai, dicono, ci saremmo aspettati una fantasia del genere e non avevano mai sentito di una tale precisione del tratto minuscoloscopico[53], perfino col minuscoloscopio guardano, e neanche così trovano nessun errore, e hanno dato a Sevast'ân per l'icona duecento rubli e dicono:

«Sei capace di esprimerti ancora più in piccolo?»

Sevast'ân risponde:

«Sì».

«Allora copiamo» dice «un ritratto della moglie sull'anello».

Ma Sevast'ân dice:

«No, questo già non lo posso fare».

«E perché?»

«Perché» dice «in primo luogo quest'arte non l'ho provata e, ripetutamente, non posso abbassare la mia arte per quest'opera, per non sottopormi alla critica dei padri».

«Che sciocchezza è mai questa!»

«Non è affatto una sciocchezza» risponde «noi abbiamo la risoluzione dei tempi beati dei padri, e nel documento della patriarchia si afferma: "Chiunque a una causa così santa come la rappresentazione delle icone si adoperi, a questo isografo è proibito di dipingere alcunché della vita corrente tranne le icone sante!"»

Âkov Âkovlevič dice:

«E se ti do cinquecento rubli per farlo?»

«Promettetene pure anche cinquecentomila, tanto resteranno a voi».

L'inglese ha aperto il viso e per scherzo dice alla moglie:

«Come ti pare, che dipingere il tuo viso lo considera per sé un abbassarsi?»

E in inghilese le aggiunge: "Però, dice, gut carahter".

Ma alla fine ha solo detto:

«Bene, fratelli, ora ci apprestiamo a porre fine a tutta la faccenda, e vedo che avete tutte le vostre regole, badate perciò che non sia stato tralasciato o dimenticato nulla che possa ostacolare tutto».

Noi rispondiamo che non prevediamo nulla di simile.

«Beh, allora guardate» dice «io comincio» ed è andato dall'arciereo a dirgli che vuole rendersi utile, dorare la *riza* dell'angelo sigillato e abbellire la corona. L'arciereo a questo non gli dice nulla: non rifiuta, né comanda; ma Âkov Âkovlevič non demorde e cerca di averlo; e noi ormai aspettiamo come la polvere il fuoco.

Capitolo tredicesimo

Con questo permettetemi, signori, di ricordarvi che da quando è cominciata questa faccenda, di tempo ne è passato non poco, e fuori era la natalità del Salvatore. Ma voi non considerate la natalità di quel luogo alla pari con quella di qua: là la stagione è capricciosa, e una volta questa festa càpita alla maniera invernale, e un'altra volta non si sa in che modo: piove, è bagnato; un giorno si irrigidisce un po' di gelo, e quello dopo si scioglie di nuovo; il fiume ora si copre di ghiaccerello, ora si gonfia e trasporta i blocchi di ghiaccio, come se fosse la piena primaverile... Insomma, un tempo instabilissimo, e che nella lingua di quelle parti non si chiama più "tempo", ma semplicemente "bufera bagnata", che era proprio come doveva essere.

Quell'anno, a cui il mio racconto arriva, questa instabilità è stata davvero esasperante. Intanto che ero tornato con l'isografo, non vi posso nemmeno dire che data fosse, perché i nostri la consideravano in posizione un po' invernale, un po' estiva. E il periodo era dei più caldi, dal punto di vista del lavoro, perché sette pilastri li avevamo già approntati e avevamo teso le catene da una riva all'altra. I padroni, s'intende, volevano unire al più presto queste catene, per appoggiarci sopra, con la piena, almeno un ponticello provvisorio per il trasporto del materiale, ma questo non è stato possibile: appena abbiamo teso le catene, è tirato un gelo tale, che pontificare non è stato possibile. Così è rimasto; le catene penzolano solitarie, e il ponte non c'è. Però Dio ha creato un altro ponte: il fiume si è congelato, e il nostro inglese è andato sul ghiaccio oltre Dnepr a darsi da fare per la nostra icona, e di là se ne torna e dice a me e a Lukà:

«Domani» dice «ragazzi, aspettate, vi porterò il vostro tesoro».

Oh Signore, che cosa solo in quel momento non abbiamo provato! Al principio volevamo tenere il segreto e dirlo solo all'isografo, ma come fa a contenersi il cuore umano! Invece dell'osservanza del segreto abbiamo fatto il giro di tutti i nostri, abbiamo bussato a tutte le finestre e continuiamo a sussurrare uno all'altro, e senza saperne il motivo corriamo di isbà in isbà, bene che la notte è chiara, meravigliosa, il gelo dissemina pietre preziose sulla neve, e nel cielo puro arde la stella Èspero[54].

Passando la notte in questo allegro corrimento, siamo andati incontro al giorno con la stessa attesa esaltata e dal mattino non ci allontaniamo più dal nostro isografo e non sappiamo dove portargli gli stivali, perché è venuta l'ora in cui tutto dipende dalla sua arte. Qualsiasi cosa lui dica di porgere o di portare, noi a ogni cenno voliamo dieci volte tanto e ci accaniamo tanto, che inciampiamo uno nell'altro. Perfino nonno Maròj correva al punto che, inciampando, si è rotto un tacco. Unicamente il solo isografo è tranquillo, perché lui queste faccende non è la prima volta che le fa, e perché si è preparato tutto senza vanità: ha diluito l'uovo con lo kvas, ha esaminato l'olio d'oliva, ha preparato uno straccetto per l'alabastro, vecchie assicelle adatte alla grandezza dell'icona, le ha disposte, ha fissato un'aguzza seghetta come una corda a un cerchio di ferro robusto e sta seduto accanto alla finestrella, e sfrega con le dita nel palmo della mano le tinte che prevede necessarie. E noi tutti ci siamo lavati nella stufa, abbiamo indossato camicie pulite e stiamo sulla riva, guardiamo la città del rifugio da cui deve venire a noi l'ospite portatore di luce; e i cuori ora si mettono a crepitare ora vengono meno...

Oh, che momenti sono stati, e sono durati dalla prima alba addirittura fino a sera, e d'un tratto vediamo che per il ghiaccio dalla città viene la slitta degli inglesi, e dritta verso di noi... Per tutti è passata una trepidazione, abbiamo buttato tutti il cappello sotto i piedi e preghiamo:

«O Dio padre dello spirito e dell'angelo: abbi pietà dei servi tuoi!»

E con questa preghiera siamo caduti giù sulla neve e protendiamo avidamente le mani avanti, e d'un tratto sentiamo sopra di noi la voce dell'inglese:

«Ohi, voi! Vecchiocredenti! Guardare cosa vi ho portato!» e porge un fagottino in un fazzoletto bianco.

Lukà ha preso il fagottino ed è rimasto bloccato: sente che è qualcosa di piccolo e di leggero! Ha aperto un angolino del fazzoletto e vede: c'è solo la *riza* d'argento tolta al nostro angelo, ma l'icona non c'è.

Ci siamo chinati verso l'inglese e gli diciamo piangendo:

«Hanno imbrogliato vostra grazia, qui l'icona non c'è, ma hanno mandato solo la *riza* d'argento che c'era sopra».

Ma l'inglese non è più quello che era per noi prima di questo momento: di sicuro la lunga faccenda lo aveva stizzito, e ci ha gridato contro:

«Ma smettetela di confondere tutto! Se siete stati proprio voi a dirmi che bisognava chiede la *riza*, e io l'ho chiesta; ma voi, a quanto pare, non sapete proprio quello che vi serve!»

Vedendo quant'era ribollito, noi abbiamo cominciato con cautela a spiegare che a noi serve l'icona per fare un falso, ma non ci è stato più ad ascoltare, ci ha cacciati via e ha mostrato la sola gentilezza di ordinare di mandare da lui l'isografo. È andato da lui l'isografo Sevast'ân, e lui l'ha trattato esattamente nella stessa maniera, ribollendo.

«I tuoi mugikì» dice «non lo sanno nemmeno loro quello che vogliono: prima hanno chiesto la *riza*, hanno detto che a te servono solo le misure per prendere l'impronta, e ora si lamentano che a loro non serve a niente; ma io per voi non posso fare niente di più, perché l'arciereo l'icona non me la dà. Fai subito un falso dell'icona, la ricopriremo con la riza e la restituiremo, e quella vecchia me la ruberà il segretario».

Ma l'isografo Sevast'ân, da persona giudiziosa, lo ha incantato con un discorso tenero e risponde:

«No» dice «vostra grazia; i nostri mugikì sanno il fatto loro, e a noi serve davvero l'icona autentica in anticipo. Se lo sono inventato» dice «solo per offenderci che noi dipingiamo precisamente copiando con lo stampino. Invece da noi nel modello è stabilita una legge, ma la sua esecuzione è lasciata all'artista libero. Secondo il modello, per esempio, è ordinato di disegnare san Zosìma o Geràsim con il leone, ma non vengono posti limiti alla fantasia dell'isografo su come raffigurare quel leone in loro presenza. San Neofìt è indicato di dipingerlo con la colomba; Konón il Giardiniere con un fiorellino, Timoféj con lo scrigno, Geórgij e Sàvva Stratilàt con le lance, Fótij con la veste corta e Kondràt con le nuvole, poiché lui istruiva le nuvole, ma ogni isografo è libero di raffigurarlo come gli permette la sua fantasia di artista, e per questo di nuovo non posso sapere come è stato dipinto quell'angelo che bisogna sostituire».

L'inglese ha ascoltato tutto questo e ha cacciato Sevast'ân, e anche noi, e da lui non è venuta nessun'altra decisione, e noi stiamo seduti, gentili signori, sopra il fiume, come corvi sul torrente[55], e non sappiamo se disperarci del tutto o aspettarci qualcos'altro, ma di andare dall'inglese non abbiamo più il coraggio, e per di più anche il tempo ha ripreso l'umore che avevamo noi: è venuto un orrendo disgelo, e ha disseminato la pioggia, il cielo in mezzo al giorno è tutto come fumo di una fornace[56], e le notti sono buissime, perfino la stessa Èspero, che in dicembre non si sposta dalla volta celeste, anche quella si è coperta e non spunta nemmeno una volta... Una prigione per l'anima, niente di meno! E così è venuta la natalità del Salvatore, e proprio la vigilia ha colpito il tuono, è venuto un acquazzone, e cade, cade senza sosta per due o tre giorni: ha dilavato tutta la neve e l'ha portata nel fiume, e nel fiume il ghiaccio ha cominciato a illividirsi e a gonfiarsi, e d'un tratto il penultimo giorno dell'anno s'è rotto e s'è messo a scendere... è trasportato dall'alto e viene scaraventato un blocco di ghiaccio dopo l'altro per le onde torbide, vicino al nostro cantiere tutto il fiume è bloccato: ghiaccio su ghiaccio si forma una montagna, e filano e risuonano, mi perdoni il Signore, come demoni... Come stiano ferme le nostre costruzioni e sopportino una tale pressione inaudita, fa fin meraviglia. Milioni e milioni potrebbero distruggersi, ma non abbiamo tempo di pensarci; perché l'isografo Sevast'ân, vedendo che non c'è nulla da fare per lui, si è ribellato, mette via le cose e vuole andare in altri paesi, e non riusciamo a trattenerlo in nessun modo.

Ma non aveva tempo di pensarci nemmeno l'inglese, perché per quel maltempo gli era successo qualcosa, che per poco non è uscito di senno: sempre, dicono, andava in giro e domandava a tutti: "Dove cacciarsi? Dove devo andarmene?" E poi d'un tratto si è ripreso, chiama Lukà e dice:

«Sai una cosa, mugìk: andiamo a rubare il vostro angelo?»

Lukà risponde:

«D'accordo».

Secondo quanto notato da Lukà, l'inglese sembrava bramoso di provare azioni pericolose e aveva stabilito così, che domani sarebbe andato al monastero dal vescovo, avrebbe preso con sé l'isografo fingendo che fosse un orafo e avrebbe chiesto di mostrargli l'icona dell'angelo, perché quello potesse prenderne una copia particolareggiata fingendo che fosse per la *riza*; e invece ci avrebbe dato un'occhiata meglio che poteva e a casa ne avrebbe fatto un falso. Poi, quando fosse stata pronta la *riza* del vero orafo, l'avrebbero portata da noi oltre il fiume, e Âkov Âkovlevič sarebbe andato ancora al monastero e avrebbe detto che voleva vedere la funzione festiva dell'arciereo, e con la gabbana sarebbe entrato nell'abside vicino all'altare, dove la nostra icona è conservata accanto alla finestra, e l'avrebbe nascosta sotto un lembo e, data la gabbana all'uomo fingendo di avere caldo, avrebbe ordinato di portarla via. Ma fuori dietro la chiesa il nostro uomo subito da quella gabbana avrebbe preso l'icona e sarebbe volato con lei qui, su questa riva, e qui l'isografo, nel corso del tempo in cui continua la funzione notturna, avrebbe dovuto togliere la vechia icona con la vecchia tavola e mettere il falso, rivestirlo con la *riza* e rimandarla indietro, in modo tale che Âkov Âkovlevič la potesse riappoggiare alla finestra, come se nulla fosse.

«Che dire, signore?» diciamo «siamo d'accordo su tutto!»

«Però fate attenzione» dice «ricordate che io farò la parte del ladro e voglio fidarmi di voi che non mi tradirete».

Lukà Kirìlov risponde:

«Noi, Âkov Âkovlevič, non siamo uomini di spirito tale da ingannare i benefattori. Sarò io a prendere l'icona e ve le riporterò indietro entrambe, sia quella autentica sia il falso».

«Beh, e se ci fosse qualche impedimento?»

«Che cosa potrebbe mai essermi d'impedimento?»

«Beh, se all'improvviso morissi o affogassi».

Lukà pensa: ma per quale motivo, insomma, dovrebbe esserci un ostacolo del genere, e comunque si immagina che effettivamente a volte succede anche che trovi una sorgente colui che scava per prendere un tesoro, e a colui che va al mercato capita di incontrare un cane rabbioso, e risponde:

«In quel caso io, signore, lascerò con voi un mio uomo che, in caso di mia mancata resistenza, prenderà tutta la colpa su di sé e sopporterà la morte, ma non vi tradirà».

«E chi è quest'uomo sul quale tu fai affidamento?»

«Il fabbro Maròj» risponde Lukà.

«È un vecchio?»

«Sì, non è giovane».

«Ma sbaglio, o è stupido?»

«A noi, dico, la sua intelligenza non è adatta, ma in compenso quest'uomo ha uno spirito degno».

«Ma quale mai spirito» dice «può avere un uomo stupido?»

«Lo spirito, signore» risponde Lukà «non va a intelligenza: lo spirito aleggia dove vuole, ed è tale quale il capello, che a uno cresce lungo e lussureggiante e a un altro misero».
L'inglese ci ha pensato e dice:
«Va bene, va bene: sono tutte sensazioni interessanti. Beh, e come farà a darmi una mano, se io cadrò?»
«Farà così» risponde Lukà «voi starete in chiesa accanto alla finestra, mentre Marój starà sotto la finestra dall'esterno, e se alla fine della funzione io non sarò tornato con le icone, lui romperà il vetro, s'infilerà dentro dalla finestra e prenderà tutta la colpa su di sé».
Questo all'inglese è piaciuto molto.
«È curioso» dice «è curioso! E perché mai devo fidarmi di questo vostro stupido con lo spirito, che lui non scapperà?»
«Beh, questa è una questione di fiducia reciproca».
«Di fiducia reciproca» ripete. «Hm, hm, di fiducia reciproca! Io ai lavori forzati al posto di un mugìk stupido, oppure lui al posto mio a colpi di knut? Hm, hm! Se lui manterrà la parola... a colpi di knut... È interessante».
Abbiamo mandato a chiamare Marój e gli abbiamo spiegato in cosa consisteva la faccenda, e lui dice:
«E allora?»
«Ma tu non scapperai?» dice l'inglese.
E Marój risponde:
«Per cosa?»
«Perché non ti picchino con la frusta e non ti mandino in Siberia».

E Marój dice:
«Tutto lì!» e non ha più parlato.
L'inglese è così contento: si è tutto rianimato.
«Che delizia» dice «com'è interessante».

Capitolo quattordicesimo

Subito dopo questa trattativa è cominciata anche l'azione. Al mattino abbiamo messo i remi al grande barcone dei padroni e abbiamo trasbordato l'inglese sulla riva cittadina: là è salito in carrozza con l'isografo Sevast'ân ed è andato al monastero, e dopo un'ora e qualcosa guardiamo, il nostro isografo corre, e in mano ha un foglietto con la copia dell'icona.

Domandiamo:

«L'hai vista, compare, e sei ora capace di dipingere il falso?»

«L'ho vista» risponde «e lo dipingerò, solo che potrei farlo leggermente più vivace, ma non è grave, quando l'icona arriverà qui, ci metterò un attimo ad aggiustare lo splendore del colore».

«Mi raccomando» lo supplichiamo «fa' attenzione!»

«State tranquilli» risponde «farò attenzione!»

E non appena l'abbiamo portato, lui s'è messo subito al lavoro, e verso il crepuscolo sulla tela gli era venuto l'angelo, simile al nostro sigillato come due gocce d'acqua, però di colore come un poco più vivace.

Verso sera anche l'orafo ha mandato la nuova cornice, perché già da prima gli era stata ordinata con la *riza*.

È venuta l'ora più pericolosa del nostro furto.

Noi, s'intende, eravamo pronti a tutto e verso sera avevamo pregato e aspettiamo il momento debito, e appena sull'altra riva al monastero hanno battuto la prima campana per la funzione notturna, siamo saliti in tre in una piccola barca: io, nonno Marój e zio Lukà. Nonno Marój ha preso con sé l'ascia, la sgorbia, il piccone e una corda, per assomigliare di più a un ladro, e ci siamo imbarcati diretti al recinto del monastero.

E il crepuscolo in questa stagione, s'intende, viene presto, e la notte, nonostante la luna piena, era buierrima, proprio da ladri.

Attraversato, Marój e Lukà mi hanno lasciato accanto alla riva sulla barca, e si sono intrufolati nel monastero. Io ho tirato i remi in barca, e un capo della corda l'ho attaccato e aspetto impaziente, non appena Lukà mette piede sulla barca, per ripartire immediatamente. Il tempo mi sembrava orrendamente lungo dal tormento: come sarebbe riuscito tutto? saremmo riusciti a nascondere tutta la nostra ladronata prima che finissero la funzione serale e notturna? E mi sembra che ormai di tempo chissà quanto n'è passato; e il buio è tremendo, il vento strappa, e al posto della pioggia ha preso a scendere neve bagnata, e la barca dal vento ha preso a oscillare e io, schiavo maligno, rimboccandomi a poco a poco nel mantello, ho cominciato ad appisolarmi. Solo d'un tratto sento un colpo alla barca, e s'è messa a ondeggiare. Mi sono scosso e vedo che dentro c'è zio Lukà e con una voce non sua, soffocata, dice:

«Rema!»

Io prendo i remi, ma dalla paura non riesco in nessun modo a infilarli negli scalmi. Me la sono cavata di forza e mi sono distaccato dalla riva, e domando:

«Zio, l'angelo ce l'abbiamo?»

«Ce l'ho con me, rema più forte!»

«Ma racconta» lo interrogo «come avete fatto a prenderlo?»

«L'abbiamo preso in modo innocuo, come si era detto».

«E ce la faremo a riportarlo indietro?»

«Dobbiamo riuscirci: hanno cantato solo il grande *prokimenon*[57]. Rema! Dov'è che stai remando?»

Mi sono girato: ohi Signore! e sembra che non stia remando nella direzione giusta: tutto, a quanto pare, corrisponde, mi tengo controcorrente, ma il nostro villaggio non c'è: è perché c'è la neve, e un vento tale, da far paura, e si appiccicano gli occhi, e intorno lamenti e oscillazioni, mentre la superficie del fiume respira come se fosse di ghiaccio.

Comunque, per misericordia divina ci siamo arrivati; siamo saltati tutti e due giù dalla barca e ci siamo messi a correre. L'isografo è già pronto: agisce a sangue freddo, ma fermo: prima ha preso l'icona in mano, e quando la gente le si è inchinata davanti, ha lasciato tutti avvicicinarsi e farsi il segno della croce davanti al viso sigillato, e lui guarda un po' l'icona un po' il proprio falso, e dice:

«Bella! però bisogna attenuarla leggermente con un po' di fango e zafferano!» E poi ha preso l'icona dai lati nella morsa e ha teso il proprio seghetto che aveva sistemato nel cerchio duro e... il seghetto si è messo a svolazzare. Noi stiamo tutti lì e siamo sicuri che la guasti! Che patimento, signori! Potete immaginarvelo, con queste sue manone mastodontiche lui segava via dalla tavola uno strato non più spesso di un foglietto della più sottile carta da lettere... Ci vuole poco a commettere un disastro: ossia basta stortare la sega di un capello, che addio viso e resta un buco! Ma l'isografo Sevast'ân ha compiuto tutta questa azione con tale freddezza e arte che, a guardarlo, a ogni momento l'animo si faceva più tranquillo. E infatti, ha segato la raffigurazione in uno strato sottilissimo, poi in un attimo ha tagliato i bordi della parte segata, e i bordi li ha riincollati sulla tavola stessa, e ha preso e ha appallottolato il proprio falso, l'ha appallottolato nel pugno e giù a consumarlo contro il bordo del tavolo e a strofinarlo nella mano, e sembrava che lo volesse stracciare e distruggere e, alla fine, ha guardato la tela alla luce, e tutto questo disegno nuovo era pieno di rughe... A questo punto Sevast'ân lo ha preso subito e l'ha incollato sulla tavola vecchia in mezzo ai bordi, mentre in mano ha preso una fanghiglia scura di colore che sapeva, l'ha mescolata con le dita con il vecchio olio e zafferano come una pomata e giù a spalmare forte fortissimo su quel disegno sgualcito... Faceva tutto questo con energia, e di nuovo l'iconetta dipinta è diventata affatto vecchia e tale quale una vera. A questo punto il falso in un attimo è stato cosparso d'olio e gli altri nostri uomini si sono messi a rivestirlo di quello strato, mentre l'isografo ha fissato nella tavola preparata la parte autentica segata via e chiede che gli vengano portati al più presto i brandelli di un vecchio cappello di prima lana d'agnello.

Cominciava l'azione più difficile del dissuggellamento.

Hanno dato il cappello all'isografo, e lui l'ha subito tagliato in due sul ginocchio e, coprendolo con l'icona sigillata, grida:

«Passami il ferro rovente!»

Nella stufa, dietro suo ordine, era pronto arroventato nel caldo un pesante ferro da sarto.

Mihàjlica lo ha afferrato e lo porge con le molle, e Sevast'ân ha avvolto il manico con uno straccio, ha sputato sul ferro,e come lo passa per la fessura del cappello!... Dallo strappo da questo pelo è venuto un tanfo cattivo, e l'isografo ancora una volta, e ancora ve lo strofina e subito lo toglie. La sua mano vola tale quale un fulmine, e il fumo della lana d'agnello sale ormai a colonna, e Sevast'ân scalda come se niente fosse: con una mano fa ruotare poco la lana d'agnello mentre con l'altra aziona il ferro, e di volta in volta si appoggia meno di fretta e con più forza, e d'un tratto ha buttato via sia il ferro sia la lana d'agnello e ha sollevato l'icona alla luce, e il sigillo è come se non ci fosse stato: il forte olio d'oliva degli Stróganov aveva resistito, e la ceralacca era tutta sparita, era rimasta solo appena come una rugiada rossa di fuoco sul viso, ma in compenso il viso divino di luce è tutto visibile...

A questo punto chi prega, chi piange, chi si butta a baciare le mani all'isografo, mentre Lukà Kirìlov non dimentica il proprio dovere e, attento al minuto, porge all'isografo la sua icona falsa e dice:

«Su, finiscila in fretta!»

Ma quello risponde:

«La mia azione è finita, ho fatto tutto quello a cui m'ero accinto».

«Ma manca mettere il sigillo».

«E dove?»

«Qui sul viso di questo nuovo angelo, come l'aveva quello».

Ma Sevast'ân ha scosso la testa e risponde:

«Ennò, sono mica un funzionario, da avere il coraggio di farlo».

«Allora come facciamo, adesso?»

«Questo proprio» dice «non lo so. Per farlo vi ci voleva o un funzionario, o un tedesco, perciò, visto che vi siete scordati di procurarvene, adesso fatelo da voi».

Lukà dice:

«Come osi! ma noi non ne avremmo mai il coraggio!»

E l'isografao risponde:

«Non ne ho il coraggio neanch'io».

E avviene da noi in questi brevi minuti un tale subbuglio, quando d'un tratto si precipita nell'isbà la moglie di Âkov Âkovlevič, tutta pallida come la morte, e dice:

«Possibile non siate ancora pronti?»

Diciamo: siamo pronti sì e siamo pronti no: il più importante è fatto, ma l'insignificante non riusciamo.

E lei, con le parole mute che sa, dice:

«Ma cos'aspettate? Non lo sentite, quello che succede fuori?»

Ci siamo messi ad ascoltare e siamo impalliditi anche noi ancora peggio: tutti preoccupati come eravamo, non abbiamo prestato attenzione al tempo, ma adesso sentiamo il rimbombo: c'è il ghiaccio che si muove!

Sono saltato fuori e vedo, ormai si trascina completamente per tutto il fiume, come una belva quanto mai imbestialita, un blocco di ghiaccio si avventa sull'altro, uno sull'altro s'intrecciano, e rumoreggiano, e si spezzano.

Io, incurante di me, mi sono precipitato verso le barche, non ce n'è neanche una: è stato portato via tutto... In bocca la lingua mi è diventata un vecchio stivale, tanto che non riesco in nessun modo a muoverla, e mi sono cadute le gambe, come se stessi sprofondando nella terra... Sto lì e non mi muovo, e non do voce.

E intanto che noi stiamo qui a girovagare nel buio, l'inglese è rimasta là sola nell'isbà con Mihàjlica e, saputo in cosa consiste l'impedimento, ha preso l'icona e... dopo un attimo esce correndo tenendola in mano sul terrazzino d'entrata con la lanterna e grida:

«To', è pronto!»

Abbiamo guardato: il nuovo angelo ha il sigillo sul viso!

Lukà ha subito preso entrambe le icone nella camicia e grida:

«La barca!»

Io disvelo che non ci sono barche, che sono state portate via.

E il ghiaccio, ve lo dico io, se ne passa così come una mandria, si rompe contro i tagliaghiaccio e scuote il ponte in un modo che si sente perfino che queste catene, per quanto grosse come una spessa tavola da pavimento, sferragliano lo stesso.

La inglese, come se n'è accorta, ha congiunto le mani, e si mette a gemere con voce inumana: "Gèims!" ed è caduta senza vita.

E noi stiamo lì e proviamo un solo sentimento:

«E la parola che abbiamo dato? che sarà dell'inglese? che sarà di nonno Marój?»

E intanto al monastero hanno cominciato a battere il terzo suono.

D'un tratto zio Lukà si è scosso e s'è messo a gridare alla inglese:

«Svégliati, signora, tuo marito rimarrà intatto, e il boia tormenterà solo la vecchia pelle e sfigurerà col suo marchio il viso onorabile del nostro vecchio nonno Marój, ma questo accadrà soltanto dopo la mia morte!» e con questa parola si è fatto il segno della croce, si è sporto e si è messo a camminare.

Io ho gridato:

«Zio Lukà, dove vai? Levóntij è morto, morirai anche tu!» e mi sono precipitato dietro di lui per trattenerlo, ma lui ha preso da sotto i piedi il remo che io, arrivato, avevo buttato per terra e, scacciandomi con un gesto, ha gridato:

«Via! o ti colpirò a morte!»

Signori, mi sono già apertamente confessato pusillanime abbastanza volte davanti a voi nel mio racconto, come quella volta che ho piantato lì il defunto giovane Levóntij, e io mi sono arrampicato sull'albero, ma com'è vero Dio, vi assicuro che non mi sono spaventato del remo né sarei arretrato davanti a zio Lukà, ma... se volete, credeteci, se non volete, no, ma in questo momento non ho fatto in tempo a nominare Levóntij, che tra lui e me nel buio si è disegnato il giovane Levóntij e mi ha minacciato con la mano. Questa paura non l'ho sopportata e sono saltato indietro, mentre Lukà è già in piedi all'estremità della catena, e d'un tratto, fattaci presa col piede, dice attraverso la tempesta:

«Intona il *katabàsion*[58]!»

Il nostro cantore Aréfa si è alzato subito e gli ha obbedito immediatamente e ha intonato: «Schiuderò le labbra», e gli altri si sono uniti, e urliamo il katabàsion, contrapponendoci con il canto alla tempesta, e Lukà non ha timore della paura mortale e cammina lungo la catena del ponte. In un attimo ha attraversato la prima campata e scende sull'altra... E poi? poi il buio l'ha inghiottito, e non si vede: cammina o è già caduto e i maledetti blocchi di ghiaccio l'hanno seppellito nell'abisso, e non sappiamo: se pregare per la sua salvezza o singhiozzare per la pace della sua anima ferma e onorabile.

Capitolo quindicesimo

Ora cosa è successo sull'altra riva? Sua santissima eminenza l'arciereo secondo la sua regola ha compiuto la funzione notturna nella chiesa principale, senza sapere per nulla che nel contempo nell'abside c'era stato un furto; il nostro inglese Âkov Âkovlevič col suo permesso stava accanto, nell'abside e, preso il nostro angelo, l'aveva mandato, come sua intenzione, fuori dalla chiesa nella gabbana, e Lukà era sfrecciato via portandocelo; invece nonno Marój, mantenendo la propria parola, è rimasto sotto quella finestra all'esterno e aspetta l'ultimo momento che Lukà non tornasse, che allora l'inglese sarebbe arretrato e Marój avrebbe rotto la finestra e si sarebbe intrufolato in chiesa col piccone e con la sgorbia, come un vero malfattore. L'inglese non gli toglie gli occhi di dosso e vede che nonno Marój se ne sta diligente nella sua obbedienza e appena si accorge che l'inglese avvicina la faccia alla finestra per vederlo, fa subito un cenno, che, dice, sono qui, io, il ladro responsabile, sono qui! E tutti e due in questo modo manifestano la loro nobiltà e non permettono uno all'altro di superarsi in fiducia reciproca, e verso queste due fedi sta muovendo una terza, ancora più forte, solo che loro non sanno cosa fa quella, la terza fede. Ma appena hanno battuto l'ultimo rintocco della funzione notturna, l'inglese ha socchiuso leggermente lo spioncino della finestra perché Marój vi entrasse, e lui è pronto a rititarsi, ma d'un tratto vede che nonno Marój si gira dall'altra parte e non lo guarda, ma guarda teso oltre il fiume e ripete:

«Che Dio lo porti di qua! che Dio lo porti di qua, che Dio lo porti di qua!» e poi d'un tratto fa un balzo e si mette a ballare come un ubriaco, e grida: «Dio l'ha portato di qua, Dio l'ha portato di qua!»

Âkov Âkovlevič si è disperato all'estremo, pensa:

"Beh, è la fine: il vecchio stupido è impazzito, e io sono rovinato", ma guarda, e Marój e Lukà già si abbracciano.

Nonno Marój biascica:

«Ti ho mirato mentre camminavi sulla catena con le lanterne».

Ma zio Lukà dice:

«Non avevo lanterne».

«E allora da dove veniva la luce?»

Lukà risponde:

«Non so, io non ho visto luce, sono corso di corsa e non so come ho fatto a farcela e non sono caduto giù... come se qualcuno mi tenesse sotto le braccia».

Marój dice:

«Sono gli angeli, io li ho visti, però adesso non vivrò oltre questo giorno e morirò oggi».

Ma Lukà non aveva proprio neanche un po' di tempo per parlare, non risponde al nonno, ma porge in fretta l'icona all'inglese dallo spioncino. Ma quello l'ha presa e la rimanda indietro.

«Ma come» dice «non c'è il sigillo?»

Lukà dice:

«Come non c'è?»

«Ma non c'è.»

Beh, a questo punto Lukà si è fatto il segno della croce e dice:

«Beh, certo! Ora non c'è tempo di correggerlo. È un miracolo compiuto dall'angelo della chiesa, e io so perché».

E subito si è precipitato Lukà in chiesa, si è fatto strada verso l'abside dove svestivano sua eminenza e, cadutogli ai piedi, dice:

«E così e cosà, santo padre, ho commesso questo e questo: ordinate di mettermi ai ceppi e in prigione».

Ma sua eminenza, a confacenza del proprio onore, ha ascoltato tutto e risponde:

«Questo ora ti serva da lezione su dove la fede ha più effetto: voi» dice «avete tolto il sigillo dal vostro angelo con la furbizia, mentre il nostro se l'è tolto da solo e ti ha condotto qui».

Lo zio dice:

«Vedo, eminenza, e trepido. Ordina di consegnarmi subito all'esecuzione».

Ma l'arciereo risponde con una parola di concessione:

«Con il potere a me dato da Dio ti perdono e ti assolvo, figlio. Prepàrati questo mattino ad accogliere il purissimo corpo di Cristo».

Beh, e in séguito, signori, credo che non ci sia nulla da raccontarvi: Lukà Kirìlov e nonno Maròj quel mattino ritornano e dicono:

«Padri e fratelli, abbiamo visto la gloria dell'angelo della chiesa dominante e tutta l'osservanza divina su di lei nella bonarietà del suo gerarca e ci siamo unti con l'olio sacro a lei, e oggi abbiamo comunicato il corpo e il sangue del Salvatore nella funzione del giorno».

E come tanto tempo prima, ancora nella notte passata dal vecchio saggio Pàmva, ho avuto l'ispirazione unirmi con tutta la Russia, ho esclamato per tutti:

«E noi dietro di te, zio Lukà!» e così tutti in un solo gregge, sotto un solo pastore, come agnellini, ci siamo riuniti e sì e no solo in questo momento abbiamo capito a cosa e dove ci portava il nostro angelo sigillato, prima guidando i nostri passi e poi dissigillandosi per l'amore degli uomini per gli uomini rivelato in questa notte di passione.»

Capitolo sedicesimo

Il novellatore aveva finito. Gli ascoltatori erano ancora zitti ma, alla fine, uno di loro si schiarì la voce e rilevò che in questa storia tutto è spiegabile, sia i sogni di Mihàjlica, sia la visione che ha avuto nel dormiveglia, sia la caduta dell'angelo, buttato a terra da un gatto o da un cane correndo, sia la morte di Levóntij che era malato già prima dell'incontro con Pàmva, sono spiegabili anche tutte le coincidenze casuali delle parole di Pàmva che parlava enigmatico.

«È comprensibile anche» aggiunse l'ascoltatore «che Lukà abbia attraversato col remo sulla catena: i mastri pietrai sono maestri nel camminare e nell'arrampicarsi dove vogliono, e il remo serve da bilanciere; si capisce, forse, anche che Marój potesse vedere vicino a Lukà una luce che aveva preso per angeli. Per la grande tensione un uomo molto intirizzito può avere gli occhi abbagliati da ben altro. Troverei compensibile anche se, per esempio, Marój fosse morto senza superare il giorno secondo la propria predizione...»

«E infatti è morto, signore» echeggiò Mark.

«Benissimo! Neanche in questo c'è nulla di sorprendente: che un vecchio di ottant'anni muoia dopo tali agitazioni e infreddature; ma ecco cosa per me è effettivamente del tutto inspiegabile: come è potuto scomparire il sigillo dall'angelo nuovo, sigillato dalla inglese?»

«Oh, ma questa è la cosa più semplice» rispose allegro Mark e raccontò che, dopo un po', avevano trovato il sigillo tra l'icona e la *riza*.

«Ma come è potuto succedere?»

«Così: neanche la inglese ha avuto il coraggio di sciupare il viso dell'angelo, ma ha fatto solo un sigillo di carta e l'ha messo sotto il bordo del rivestimento... È stato congegnato in modo molto intelligente e furbo, ma mentre Lukà portava le icone, gli si sono mosse sotto la camicia, e allora il sigillo è caduto».

«Beh, ora, quindi, tutta la faccenda è semplice e naturale».

«Sì, così suppongono in molti, che tutto questo sia successo nella maniera più normale, e non soltanto le persone istruite che lo sanno, ma anche i nostri fratelli rimasti nel dissenso, ridono di noi, che la inglese ci ha consegnati alla chiesa con un pezzettino di carta. Ma noi contro queste conclusioni non discutiamo: ognuno, come crede, così giudica, e per noi è lo stesso, per quali vie il Signore cerca l'uomo e da quale vaso gli dia da bere, purché lo trovi e sazi la sua sete di concordia con la patria. Ma ecco che i mugikì zotici stanno uscendo da sotto la neve. Si vede che si sono riposati, cari, e ora si metteranno in cammino. Chissà che non portino anche me. La notte di san Vasìlij è passata. Vi ho dato molta noia e vi ho portato molto in giro con me. Però ho l'onore di augurarvi buon anno e perdonate, in nome di Cristo, me ignorante!»

L'ebreo in Russia

Alcune osservazioni sulla questione ebraica

[...] Ma davvero gli ebrei sono ingannatori o "sfruttatori" così terribili e pericolosi come li dipingono? Degli ebrei tutti a una voce dicono che si tratta di una «stirpe intelligente e capace», per giunta l'ebreo è in prevalenza realista, in qualsiasi questione coglie in fretta la parte sostanziale e ama il denaro come mezzo con il quale spera di comprare e spesso compra tutto ciò che è necesssario per la sua sicurezza.

L'ingegno dell'ucraìno è piacevole, ma sognatore, tendente più alla quiete e alla contemplazione poetica, il carattere di questo popolo è poco mobile, lento e poco intraprendente. Nel migliore dei casi si esprime con un raffinato umorismo critico e con sostenuta cerimoniosità. Nelle questioni concrete, commerciali, l'ucraìno non può opporre alcuna forte resistenza alla natura energica dell'ebreo, e nei mestieri l'ucraìno non è affatto abile. Del bielorusso, come anche del lituano, non è nemmeno il caso di parlare. Di conseguenza, non vi è nulla di più naturale che, tra gente del genere, l'ebreo consegua con facilità alti guadagni e raggiunga un benessere notevole.

Per portare un maggiore equilibrio in queste situazioni, noi vediamo un solo mezzo efficace: diradare l'attuale addensamento di popolazione ebraica nella zona limitata della sua attuale residenza permanente[59] e lasciare una parte degli ebrei ai russi, che degli ebrei non hanno paura.

Ma è il caso di porsi anche la domanda: nonostante l'attuale ammassamento involontario degli ebrei in una zona relativamente ristretta, la loro ingannevolezza produce davvero un danno così grande? La risposta viene considerata fuori di dubbio, ma, come si suol dire, nulla al mondo si sottrae al dubbio. Come si può giudicare l'ingannevolezza degli ebrei: dalle statistiche economiche o dalle impressioni prodotte sugli individui più dotati di un acuto spirito d'osservazione, o, infine, dalla coscienza del popolo meno colto?

Proviamo a verificarlo. Le statistiche economiche di per sé sono aride e morte: è difficile trarne una concreta conclusione sensata, che esprima la realtà in tutti gli aspetti e in modo sicuro. Può succedere che la statistica indichi una percentuale minore di miseria in una località più produttiva ma meno amante del lavoro e meno morale, e viceversa. Per farsi guidare dalle cifre statistiche, occorre possedere una conoscenza buona e inoltre molto poliedrica di tutte le condizioni di vita del paese. Altrimenti, per esempio, a giudicare dalla quantità di indigenti, come è noto, risultano per la maggior parte nelle province di Mosca, Tùla, Orël e Kursk, che si trovano in condizioni tutt'altro che sfavorevoli e che per questo motivo sono chiuse alla concorrenza ebraica. Chi è stato qui a far moltiplicare i poveri che affollano tutti i santuari moscoviti?

Di certo, non gli ebrei.

Invece nella zona di residenza ebraica la povertà dei cristiani è senza nessun confronto inferiore alla povertà moscovita, dove la popolazione è attiva in modo esemplare, o a quella di Orël o di Kursk, dove il «granaio di Russia» non gode di una buona fama. Gli stessi indigenti registrati – gli artigiani della laura[60] Kìevo-Pecérskaâ – sono perlopiù di provenienza russa, e vi si sono trasferiti a causa della propria indigenza.

L'autore di queste note ha avuto non poche occasioni di convincersi di quanto non sia privo di pericolo fare affidamento sulle conclusioni della statistica, soprattutto se condotta con i mezzi con cui lo si fa in Russia. Comunque, neanche le statistiche danno ragione a chi pensa che, dove vive e è attivo l'ebreo, il popolo minuto cristiano locale sia più povero. Al contrario, si ottiene un risultato del tutto contrario. Lo stesso confermano le osservazioni concrete accessibili a chiunque almeno una volta faccia un giro per la Russia. Basti solo ricordare i villaggi ucraìni e russi, l'isbà nera, piena di fumo del mugìk delle province di Orël o di Kursk e i *hùtor*[61] ucraìni. Là si vedono il sottotetto bruciacchiato e il grigio argine nudo intorno all'isbà nera e semiaperta, qui ci sono il lillà e l'amareno in fiore vicino alla bianca casetta sotto un folto tetto di paglia, ordinatamente disposta a spazzola. I contadini ucraìni sono vestiti meglio e mangiano meglio dei russi. In Ucraìna non conoscono i *làpti*[62], e indossano invece scarpe di cuoio; l'aratro qui viene tirato da due o tre coppie di buoi, e non da un sola rozza che riesce a malapena a trascinare le proprie zampe. E con tutto ciò, tuttavia, il contadino ucraìno è assai più pigro del russo e più sibarita di lui: gli piace dormire nel miglio, ha bisogno dei vapori della taverna, «non stima» solo la gorìlka[63], ma «sorbisce anche il distillato di prugna e la *zapekànka*[64], beve come un signore», la sua fanciulla per tutto l'inverno è un'Onfale[65] sui generis che fila, e lui sospira ai suoi piedi. Lei fila comoda non alla scarna luce del lumino fumante in cui è piantata una sverza, ma alla luce della candela macerata dall'ebreo, portata alla fanciulla da un cortese giovanotto che se ne sta per la serata ai piedi della sua Onfale. Sono persone alle quali ormai le dolcezze spirituali sono accessibili e necessarie.

Parlando in coscienza, non è necessario essere particolarmente perspicaci né particolarmente forti in generalizzazioni e paragoni per vedere che il contadino ucraìno di medio reddito vive meglio, in modo più piacevole e ricco dell'equivalente contadino nella maggior parte delle località russe.

Se paragoniamo le località peggiori della Bielorussia, della Lituania e della -mud'[66] con i magri prati delle zone incolte della Russia o con i suoi *polés'e*[67], otteniamo lo stesso risultato, che in Russia non si sta meglio. E la realtà ci ha mostrato qualcosa di meglio proprio là dove abita il giudeo[68]. Che sia nocivo o innocuo, comunque la sua presenza non ha impedito questa realtà migliore, anche senza tenere conto della preoccupazione relativamente minore del popolo ucraìno per il proprio benessere.

Non è dunque solo il contadino a vivere "meglio", ma anche gli altri abitanti. È noto che qui vive meglio anche il piccolo borghese di città o di villaggio, e il clero ucraìno per benessere supera di gran lunga quello russo. Un pope ucraìno di campagna non pascola, non semina né trebbia mai di persona, né si umilia davanti al superstizioso popolo minuto in cambio di un copeco. Non si lascia portare a fare un giro per i campi perché la rapa venga rotonda, né si lascia tagliare i capelli perché il lino cresca alto. Il padre ucraìno si sposta unicamente in calesse col cocchiere, a volte anche in tiro a quattro.

Chi abbia occasione di osservare quello che viene qui esposto, probabilmente, nella nostra descrizione non vedrà nessuna forzatura e concorderà che tutte le figure che abbiamo menzionato vivono meglio in Ucraìna che in Russia.

Oltre a queste osservazioni, merita attenzione anche il parere del popolo minuto sul danno arrecato dal giudeo con l'inganno al suo prossimo cristiano. Questo giudizio è espresso dal popolo minuto mediante proverbi e detti raccolti nelle "antologie" di Snegirëv e di Dal', che godono del rispetto degli studiosi[69].

Il popolo ha studiato nei dettagli e ha classificato per categorie chi e in che ordine ai suoi occhi si distingue nell'arte dell'inganno con destrezza. Un proverbio dice: «Il mugìk è duro, ma l'intelligenza non gliel'ha mangiata il diavolo», e un altro: «Il mugìk lo inganna lo zingaro, lo zingaro lo inganna il giudeo; ma il giudeo lo inganna l'armeno; l'armeno lo inganna il greco, mentre il greco lo inganna solo il diavolo, sempre che glielo conceda Dio».

Il giudeo, stando alle conclusioni dell'acuto ingegno popolare, è più ingannevole solo dello zingaro, mentre sopra di lui stanno due artisti incomparabilmente più abili, per non parlare del terzo, il "diavolo", il quale va a stare dove vuole, anche senza permesso di residenza.

Perché il popolo cambiasse idea rispetto al proverbio, bisognerebbe convincerlo che l'ebreo è più ingannatore dell'armeno e del greco, ma questo è impossibile.

Per di più, dopo quanto pubblicato nel giugno del 1883 dal giornale «Rus'», è ridicolo anche solo parlare di ebrei sfruttatori. Gli ucraìni stessi ormai hanno paura non degli ebrei, ma dei tedeschi, ognuno dei quali «è più pesante di dieci ebrei».

E se l'ebreo, come noi pensiamo, non può essere accusato di avere saccheggiato e derubato la regione in cui gli è stato consentito di risiedere a un livello di povertà ignoto nelle province chiuse all'ebreo, può apparire sospetta anche l'infondata accusa di somma ingannevolezza mossa a tutti gli ebrei. Pertanto lo "sfruttamento" può essere dato per scontato solo da chi non ha paura di commettere errori e ingiustizie contro il proprio prossimo. Per appartenere a quest'ordine di persone occorre avere una grande sfacciataggine e una coscienza molto elastica. Ma se l'ebreo è del tutto innocuo sotto il profilo religioso (per indurre in tentazione) e, forse, non è più pericoloso degli altri sotto il profilo economico (come sfruttatore), non ci sono allora cause sufficienti sul piano morale per tenere lontana da lui la popolazione russa? Non è pernicioso per i russi in quanto corruttore dei buoni princìpi sui quali si fonda l'elevatissimo benessere del paese?

Un governo sollecito, naturalmente, ci deve pensare. Non sarà davvero un eccesso di zelo se si occuperà di quelli che il migliore drammaturgo russo A. N.

Ostróvskij ha definito «gli austeri costumi della nostra città». Il governo ne riceverà anzi la riconoscenza generale.

Esaminiamo i danni arrecati dall'ebreo nei luoghi in cui vive; sarà così evidente cosa può di minacciare di fare in un altro luogo in cui chiederà di andare.

I costumi ovunque in Ucraìna e in Bielorussia sono molto più elevati di quelli dei russi. Si tratta di un fatto riconosciuto, che non può essere assolutamente messo in discussione né dalle cifre statistiche poco convincenti e sconclusionate sulla criminalità, né dalla parola alta e sincera della poesia popolare. La sonora canzone ucraìna, come un dono delle driadi dei boschi, è scevra di crude allusioni all'unione sessuale. Inoltre, la canzone ucraìna disdegna lo svergognato turpiloquio che invece abbonda nelle canzoni popolari russe. La canzone ucraìna non considera degno alcun soggetto che non graviti attorno alle questioni del cuore, ma che dimori, per così dire, nel "letto di legno", dove porta subito e culmina l'amore della canzone russa. La poesia che esprime lo spirito e il culto del popolo in Ucraìna, senza dubbio, è superiore, e questo si riflette in tutti gli aspetti negli strati superiori e inferiori della società. Lérmontov, descrivendo una donna ucraìna colta, dice: «Un'occhiata sfacciata non accende in lei le passioni, non fa presto a innamorarsi, in compenso non si disamora invano». E, digradando direttamente all'infimo livello di degradazione della donna, rileva un altro fatto: non ci sono casi in cui una donna ucraìna gestisca un covo di dissoluzione.

In tutta la zona di residenza degli ebrei, questa professione è in mano alle tedesche o alle polacche, oppure alle ebree, ma prevalentemente battezzate.

Di conseguenza, l'ebreo non ha corrotto i princìpi morali femminili del suo prossimo di altra stirpe. Proseguiamo. Si dice: «gli ebrei ubriacano il popolo». Consultando le statistiche, sorge di nuovo il dubbio: il giudeo ubriaca gli ucraìni?

Risulta che, nelle province russe in cui non abitano ebrei, il numero di perseguiti per ubriachezza, così come il numero dei reati commessi in stato di ubriachezza, è sempre assai maggiore di quello corrispondente nella zona di residenza degli ebrei. Lo stesso quadro emerge dai dati sulla mortalità per alcolismo. Nelle province russe sono più frequenti che oltre lo Dnepr, la Vìliâ e la Vistola. Ed è così non da oggi, ma fin da tempi remoti.

Prendiamo i tempi in cui non esistevano ancora i pubblicisti, ma c'erano solo i predicatori, e non c'era modo di accusare i giudei di corruzione del popolo russo con l'ubriachezza. Apriamo le opere del secolo XII di San Kirìll Tùrovskij giunte fino a noi e cosa sentiamo: il sant'uomo già pronuncia parole di esortazione contro la grandiosa ubriachezza della Rus'; consultiamo un altro santo russo, ancora un Kirìll (Belozérskij), e questi predica con le lacrime ai russi di cessare «l'ubriachezza grandissima» e, purtroppo, la parola dell'altissimo saggio non ha effetto. La sua santità non ha la meglio sulle continue orge di ebbrezza, e Kirìll fa un breve, ma terribile rilievo:

«Gli uomini si bevono tutto, e le anime soccombono».

Per quanto sia orribile, il giudeo di questo non ha la minima colpa. *La storia della chiesa* (del metropolita Makàrij, dei professori Golubìnskij e Znàmenskij), così come la *Storia delle bettole in Russia* (di Pryžóv) costituiscono una lunga serie di testimonianze di quanto il clero si sia sforzato instancabilmente con la propria parola di arrestare l'ubriachezza del popolo russo, ma non vi sia mai riuscito. Al contrario, s'è verificata anche la disgrazia che abbiano preso fuoco i pompieri... Lo *Stoglàv* aveva già stabilito la necessità di risolvere affinché «popi e monaci non entrino nelle taverne, non si ubriachino e non imprechino». Così il clero, tenuto a servire da esempio al popolo con i fatti e con le parole, si è esposto per primo alla pubblica accusa di «imbestialimento da ubriachezza». I laici danno la colpa ai maestri, e i maestri al popolo, ai «senza legge della stirpe fetente dei contadini». Di ciò parlano la viva voce del popolo, i suoi canti, le sue fiabe e i suoi detti e, infine, lo *Stoglàv* e altri materiali storici su esponenti del clero bianco e nero che sono stati condannati o sottomessi a un monastero. Gli ubriaconi del ceto clericale sono affluiti ai monasteri con tanta copia, che alla fine i monasteri del nord hanno protestato contro questi invii e hanno pregato le autorità di liberarli dei popi e dei monaci ubriaconi, che sono di nocivo esempio per gli altri monaci, nel cui novero si contano loro fedeli seguaci che spesso fuggono insieme a loro. Il fenomeno è orribile ma, sfortunatamente, le testimonianze sono troppo puntuali perché si possano nutrire dubbi al riguardo. Per tutto questo tempo di giudei qui non ce n'erano, e sia San Kirìll Belozérskij, sia i gentili stranieri che hanno visitato la Russia ai tempi del Minaccioso[70] e sotto Alekséj Mihàjlovič, hanno attribuito l'ubriachezza russa direttamente all'ignoranza del popolo, alla scarsa purezza dei gusti e a un'assimilazione impropria del cristianesimo, abbracciato solo nella sua esteriorità. Il trasferimento sugli ebrei delle accuse di avere ubriacato il popolo è relativo a epoche più recenti in cui i russi, presi da una sorta di disperazione, hanno cercato di addossare ad altri la colpa del proprio lungo errore storico. In questo senso si sono rivelati utili gli ebrei; già molte accuse erano state riversate su di loro; perché non riversarne un'altra, nuova? Ed è proprio quello che hanno fatto.

L'iniziativa di formulare di queste accuse contro gli ebrei appartiene ai tavernieri russi, agli esattori[71], mentre la loro diffusione va attribuita ai tendenziosi scribacchini dei giornali, che spesso si trovano in pietosa e ridicola contraddizione con sé stessi. Nello sforzo di dire qualcosa di originale fanno confusione, e ora raffigurano il popolino russo come assai intelligente e puro e vogliono far credere che abbia la forza di insegnare l'educazione ai russi, ora dimenticano il proprio ruolo di apologeti e dipingono questo istruttivo popolo minuto come impotente a resistere all'invito degli ebrei a bersi al bancone delle loro bettole tutto il proprio brillante ingegno e le ultime gocce di vita.

Beato chi riesce a trovarci un senso e una logica, perché l'uomo giusto e spassionato ci vede solo vane fantasie e vuoti sproloqui, con un solo risultato storico evidente: il saccheggio degli ebrei[72]. Questo risultato, per nulla auspicato dal governo, è andato invece a genio ad alcuni scrittori tendenziosi, che hanno affermato se non di sostenere i *pogróm*, perlomeno di scusarli in nome di una sorta di Nemesi[73] popolare.

Tra le molte accuse contro gli ebrei, tuttavia, è giusta quella secondo cui gli ebrei nella loro zona di residenza si dedicano in massa alla gestione delle taverne. Per negarlo, bisognerebbe avere l'ottusità o la coscienza sporca di alcuni difensori preconcettuali dell'ebraismo. Assai più importante a lato pratico è osservare le cause di questa «propensione degli ebrei» a gestire taverne, senza la quale, sembra che qualcuno sostenga, in Russia non ci sarebbero abbastanza osti e si starebbe meglio.

Prima di tutto è il caso di precisare la percentuale di ebrei tavernieri sul totale degli ebrei artigiani e fabbricanti che si occupano di altre attività. È verosimile che, dedicando molta energia a questo studio, si potrebbero ottenere risultati molto curiosi che indicherebbero che ci sono molto meno tavernieri che fabbri, panettieri e stivalai. Ma sarebbe un lavoro immane, e non ne abbiamo i mezzi necessari. Per fortuna, anche in questo caso, una semplice osservazione spassionata dà la possibilità di farsi idee piuttosto chiare sulla faccenda.

In qualsiasi paesello in cui i tavernieri sono cinque o sei, tutto il resto della popolazione ebraica si cimenta in altre attività; e in questo senso gli abitanti cristiani del circondario trovano nel lavoro di quegli ebrei notevoli opportunità di non ubriacarsi. Gli ebrei fanno i falegnami, posano stufe, intonacano, imbiancano, fanno i sarti, gli stivalai, gestiscono mulini, fanno i fornai, ferrano i cavalli, pescano. Per non parlare del commercio; i nemici dell'ebraismo affermano anzi che «qui tutto il commercio è in mano loro». E anche questo è quasi vero. Ma che c'entrano con i tavernieri tutti gli uomini occupati in attività tanto varie? Probabilmente c'entrano come i tavernieri cristiani della città di Mecóvsk o di Čern' con gli altri abitanti di queste città. E quand'anche nelle città e nei paeselli ebraici questa relazione reciproca fosse diversa, ossia la percentuale di tavernieri qui fosse un po' maggiore, giustizia vuole che si tenga conto della disparità di diritti e dell'involontario ammassamento degli ebrei, stante il quale qualcuno sarebbe anche contento di occuparsi di qualcos'altro, ma non ne ha la possibilità, poiché nella località a lui permessa c'è una sola merce sempre richiesta: la vodka.

Il cristiano non conosce tale delimitazione; lui abita dove vuole e può facilmente scegliersi un'altra attività e, comunque, anche lui gestisce le bettole e in questa impresa dimostra crudele cupidigia e spietatezza.

La letteratura russa, prima di essere tacciata di pubblicismo, verso la vita aveva un atteggiamento non solo più giusto, ma anche più acuto; e ci si trovano tipi di tavernieri tali, che al loro cospetto l'ebreuccio sempre cauto e debole impallidisce e si eclissa. E questo lo scrivevano non solo uomini della nobiltà locale famosi in tutta Europa, ma anche letterati provenienti dal popolo minuto (per esempio Kol'cóv e Nikìtin). Loro non potevano non conoscere il vero stato delle cose nei villaggi, nelle città e nelle periferie; ebbene, cosa incontriamo nelle loro opere famose? Il taverniere russo, «come un ragno», imbroglia il cristiano ortodosso che ha la sua stessa fede e lo imbroglia al punto che gli prende in pegno il mantello che ha sulle spalle e gli stivali che ha ai piedi; l'ascia che ha alla cintola e la lama della pialla; le piume dell'oca e la pelle del montone; un covone del carro e il raccolto non battuto alla radice. Ora si dice: «Bisogna rispettare il mugìk», ma il conte A. Tolstój, sentendo questa esortazione, domandava: «Rispettare il mugìk, ma quale?»

Se lui non si berrà il raccolto
il mugìk rispetterò anche molto.

La disgrazia, secondo questo poeta, sta nel fatto che

La Rus'... s'è ubriacata, derubata,
si è tutta saccheggiata.

E anche questo è stato fatto senza nessuna partecipazione del giudeo, col solo aiuto degli appaltatori e degli esattori russi.

I poeti e i prosatori che descrivono l'ubriachezza russa non hanno esagerato ma, anzi, hanno trascurato questo aspetto, poiché prima di Puškin (in poesia), prima di Gógol' (nella narrativa) e prima di Ostróvskij (nella commedia) disdegnavano il popolo minuto. Per questo motivo si è prestata insufficiente attenzione alla vita contadina nella letteratura, che è scaduta in un fuorviante sentimentalismo. Altrimenti la letteratura avrebbe dato vita a scene ancora più scandalose, come per esempio l'antica ubriachezza delle donne e la loro cessione in uso provvisorio in cambio di vodka e birra fatta in casa, fatto che, come appare chiaro dagli atti, non si è del tutto dissipato nemmeno oggi.

In questo caso la storia è più severa e più giusta. Nonostante questa disciplina in Russia brilli per la trascuratezza, ha prodotto i terribili materiali necessari per scrivere la *Storia delle bettole in Russia*. Chi vuole conoscere la verità, per giudicare fondatamente quanto siano informati alcuni attuali scribacchini dei giornali che accusano gli ebrei di ubriacare il popolo russo, può trovare preziose informazioni nella *Storia delle bettole*. Vi sono raccolte indicazioni circostanziate: chi aveva più interesse in questa ubriacatura, chi vi si è asservito e di cosa si è compiaciuto e su che base.

La «passione per il bere» in Rus' sembra innata: bevono forte già ai tempi di Svâtoslàv e Ól'ga: ai suoi tempi «agli antichi piaceva bere». Il santo principe Vladìmir ha ammesso pubblicamente che «i rusi[74] sono contenti di bere», e lui stesso organizzava banchetti funebri e cene e pranzi d'onore». Il cristianesimo, a cui si convertì san Vladìmir, non cambiò il suo atteggiamento verso i banchetti. «Il principe Vladìmir costruì una chiesa a Vasilëv e fece una festa grande, facendo bollire trecento pentoloni di idromele». Alcuni studiosi ritengono che proprio a questa predilezione del principe per i «banchetti d'onore» la Rus' debba la mancata conversione all'islamismo. Sotto Tochtamýš «i russi hanno bevuto fino a enorme ubriachezza». Col tempo si è voluto eliminare questa passione «per il bere», così ai tempi di Ivàn III al popolo fu vietato di fare uso di bevande alcoliche; sotto il suo successore principe Vasìlij fu delimitato un villaggio «in liquori», dove i suoi «compari», ossia i difensori e i servitori fedeli, potevano bere e spassarsela. Ivàn il Minaccioso[75], dopo la conquista di Kazàn', dove c'era la «taverna del khan», volle sfruttare la voglia di vodka dei russi a vantaggio del fisco statale, e nella Rus' di Mosca compare la «taverna dello zar», mentre i «liberi mescitori» cominciano a essere perseguiti e puniti. Furono incaricati di dirigere la nuova impresa statale appositi «capitaverna», mentre al commercio vero e proprio «nella taverna dello zar» furono adibiti appositi «esattori della croce», ossia persone che baciando la croce e prestando giuramento si erano impegnate non solo a «vendere fedelmente e con regolarità la vodka nella taverna dello zar» ma anche a «venderne a bastanza», ossia erano obbligati a vendere quanta più vodka potessero. Avevano prestato giuramento di fare il possibile, e in effetti si sforzavano in ogni modo di far bere la gente, come è detto, «per la raccolta di denaro per il sovrano e la fede». I contratti degli appaltatori col governo in ventotto regioni russe in epoca del monopolio, in sostanza, avevano lo stesso senso.

La carica di taverniere-esattore non sempre veniva accettata volentieri, spesso veniva imposta. Non era un lavoro piacevole, soprattutto per una persona di carattere onesto e pacifico. Costituiva un pericolo per due aspetti: dove il popolo era «beone» era anche «azzuffone», «usa la forza e se ne va» e i tavernieri giurati venivano picchiati e addirittura uccisi a botte, e la vodka statale veniva bevuta gratis; nelle località in cui il popolo era «di abitudini savie e pacifiche» oppure dove non bevevano vodka «per avarizia», il taverniere-esattore «non aveva da chi raccogliere i soldi del bere per le casse dello stato». E se, entro la scadenza stabilita, il popolo non aveva esaurito la vodka assegnata a una «taverna dello zar», ne doveva rispondere il taverniere giurato. Presentava una dichiarazione di colpevolezza e a sua giustificazione affermava di trovarsi «in un loco inconfacente tra cattivi bibitori» di vodka. Non di rado il taverniere raccontava che «gioendo per il bene dello stato, lui invogliava e allettava quei cattivi bibitori al bere, ma quelli erano cocciuti e allora era costretto a convincerli con le cattive». Anche gli altri addetti aiutavano il taverniere giurato ad abituare il popolo a ubriacarsi. In quest'opera di convinzione, come è evidente dalla *Storia delle bettole*, il ricorso alle maniere «cattive» a volte giungeva all'«uccisione a morte».

Come rileva Sil'véstr nel suo *Domostrój*, «una moltitudine di schiavi» si misero «a ubriacarsi dal dolore», e mugikì, donne e fanciulle «piangendo per la costrizione», si sono messi «a rubare e mentire, e a meretrire e a bere alla taverna e a cagionare ogni genere di mali».

All'inizio il popolo e il clero chiesero di «togliere le taverne dello zar» perché «accanto alla taverna dello stato la vita è impossibile», ma poi si abituarono e smisero di lamentarsi.

Non desta meraviglia che individui, inclini per natura all'ubriachezza, in queste condizioni si siano messi a darci dentro ancora di più, mentre chi non ne aveva voglia si sia messo a bere «piangendo per la costrizione» per sottrarsi al «picchiamento mortale».

Gli ebrei in tutta questa tristissima storia di demoralizzazione della nostra patria non hanno avuto nessun ruolo, e l'ubriacatura del popolo russo si è compiuta senza la minima partecipazione degli ebrei, ma grazie alla sola incapacità e confusione morale dei funzionari statali che non hanno trovato titoli di introito migliori del kabàk, preso in prestito dai tatari.

[...] Non appena – sotto l'imperatore Alessandro II – è stato consentito agli ebrei di ricevere non solo istruzione medica nelle scuole superiori, ma anche di accedere alle altre facoltà delle università e degli istituti superiori di specializzazione, tutti gli ebrei di medio reddito hanno iscritto i figli ai ginnasi russi. Secondo i nemici degli ebrei, gli ebrei hanno anzi «invaso le scuole russe». Non soltanto nelle città russe, ma anche a Riga, a Varsavia, a Kalisz, gli esempi e i capricci degli altri studenti non hanno influenzato minimamente quelli ebrei, che si sono messi a studiare senza la minima esitazione in lingua russa e, come se non bastasse, i voti migliori li hanno proprio avuti in russo. La riforma della scuola, realizzata sotto la direzione del ministro dell'educazione popolare conte Dmìtrij Andréevič Tolstój, ha suscitato le insoddisfazioni di una parte significativa della società russa, mentre da parte degli ebrei non ha riscosso alcuna critica. Al contrario, non soltanto non ha diminuito, ma ha addirittura accresciuto l'afflusso di giovani ebrei ai ginnasi classici. Basandosi susl parere dei più informati, secondo cui l'indirizzo classico è la forma di istruzione più compiuta e superiore, gli ebrei sono anzi stati contenti che i loro figli la potessero assimilare. Vi hanno visto la tranquillizzante garanzia che questa istruzione non rimanesse infruttuosa. Vi hanno creduto in modo incrollabile, e non poteva essere altrimenti, poiché negli organi di stampa considerati più competenti in questioni didattiche si affermava a chiare lettere che il paese aveva bisogno di uomini con istruzione classica e che di preferenza a loro si volevano affidare gli incarichi pubblici più importanti. Gli ebrei si sono iscritti alle facoltà di legge, matematica, storia e lettere, e ovunque hanno avuto un successo anche molto cospicuo. Ancora oggi si possono vedere alcuni ebrei ai vertici istituzionali dello stato e non pochi avvocati e insegnanti assai capaci. Nessun ebreo ha disonorato sé stesso o la propria stirpe con atti umilianti. Al contrario, tra le persone perseguite o da perseguire per appropriazione indebita – il *mal du siècle*, secondo il Santo Sinodo– non figura nemmeno un impiegato ebreo. Ci sono anche professori ebrei, alcuni dei quali si sono convertiti al cristianesimo in età piuttosto avanzata, ma che per spirito e sentimento fanno riferimento all'ebraismo in cui sono nati e cresciuti, e moralmente non sono da meno degli uomini di cultura cristiana...

Tutto questo dovrebbe suscitare l'attenzione benevola dei russi, che invece considerano gli ebrei professionisti altrettanto o ancor più pericolosi che nelle bettole! Lo ripetiamo, non ci sono ebrei tra i numerosi impiegati accusati di appropriazione indebita, non sono stati colti in fallo; allora da dove viene questo attacco che ha sovvertito ogni loro affidamento sul diritto di istruzione? Nel cosiddetto ambiente colto, alcune persone nella comparsa degli ebrei nelle cariche pubbliche vedono la stessa minaccia che i "kulakì" di Orël hanno individuato nelle strade di rifornimento verso i loro mercati. L'ebreo ha studiato assiduamente, è competente nella propria materia, non vive da sibarita e, accingendosi a un'opera, scopre la capacità di assumerne il controllo e di "sfruttarla", ossia di ricavarne il maggiore utile morale o monetario possibile, come deve essere di qualsiasi opera, soprattutto nella grande economia dello stato.

Questa capacità di «sfruttare» risorse che giacevano morte o che erano sfuggite di mano ha avuto un effetto sgradevolissimo su chi è ostile alla concorrenza, e ha provocato invidiose grida di indignazione. Di recente la parola "sfruttamento" ha sostituito l'"isolamento" e l'"assimilazione"del tempo di Nicola. Quello che auspicava l'imperatore Nicola, secondo i nuovi politici, ha avuto effetti nocivi. Non è perciò necessaria alcuna "assimilazione": che il giudeo sia il più possibile "isolato" come un tempo, che schiatti in una zona delimitata o anzi, dopo avere acquisito l'istruzione superiore, si dibatta tra degradanti limitazioni che, più sono, meglio è. Meglio è, naturalmente, soltanto per chi desidera faticare meno possibile e vivere da signore, senza timore che al suo posto lavori uno "sfruttatore".

[...] La speranza degli ebrei in effetti resta di nuovo il solo Jahvè, Lui solo, che ha promesso tramite Geremia di «non respingere il popolo d'Israele da tutti».
Gli ebrei non invocano la vendetta di Nemesi, loro insieme coi cristiani credono che «non ci si può prendere gioco di Dio» (Galati, 6, 7), mentre ciò che negli ultimi anni si è fatto agli ebrei è la negazione diretta dei sentimenti più sacri accesi nel cuore dell'uomo, «tanto del pagano quanto del giudeo». Durante i saccheggi contro gli ebrei a Néžin e a Bàlta è stato riferito che in certi casi gli ebrei «avrebbero potuto opporre resistenza, ma non l'hanno opposta»:

un giornale russo rilevava: «ci mancherebbe altro!» ossia «ci mancherebbe altro» che gli ebrei osassero difendersi!, per quanto difendersi da un assalitore sia consentito e non venga considerato un crimine.

Ma, se non si può difendere sé stessi dalle percosse, né la propria proprietà dai saccheggi, si potrà almeno difendere la madre, la moglie o la figlia, se le violentano davanti agli occhi dei padri e dei mariti? Eh no, neanche questo! L'ebreo non deve permettersi di opporre resistenza all'arbitrio dei cristiani che disonorano la donna ebrea...

Con grande vergogna della stampa russa, un giornale diffuso, riportando la notizia dello stupro di due donne e una ragazza ebree da parte di teppisti insieme a poliziotti, ha attenuato l'impatto della notizia con scherzi cinici e ha manifestato approvazione per il fatto che gli ebrei abbiano sopportato anche questo...

Scherzare di queste malvagità è una bestemmia per il cuore dell'uomo.

Questo ripugnante cinismo non è rimasto senza riflessi nella massa popolare: la furiosa plebaglia ha compiuto gli ultimi suoi eccessi sugli ebrei a Rostóv negli stessi giorni in cui Mosca, inginocchiata di fronte ai rappresentanti di tutte le potenze europee, pregava l'Onnivedente per il benessere di tutti gli uomini sui quali è stato unto a regnare il nostro attuale imperatore!..

Sono stati gli ultimi giorni di indisciplina?

Vi si è posta fine?

Non ci porremo inutilmente domande a cui nessuno, speriamo, può dare una risposta sicura, finché la situazione degli ebrei rimane nell'attuale confusione. Ma le ombre sull'orizzonte ebraico si fanno più fitte: parlare della loro questione con imparzialità è diventato ormai non solo scomodo, ma anche rischioso. La difesa degli ebrei da parte del signor Katkóv sulle «Moskóvskie Védomosti» viene considerata una macchia alla disinteressata integrità di questo giornalista; di Stasûlévič è stato scritto addirittura che «gli ebrei hanno comprato una quota della sua attività», e a un terzo giornalista, L. Polónskij, per una parola a favore degli ebrei è stato scritto che un tempo avrebbe diffuso proclami polacchi.

Chi può garantire che una persona che abbia un'opinione non avversa agli ebrei un domani non venga sospettata di fabbricazione di banconote false o di dinamite? Il risentimento verso questo problema che si trascina da lungo tempo è giunto al punto che, a chi non è d'accordo con chi sparla degli ebrei, resta solo da scegliere tra il silenzio forzato e l'esposizione a tali insinuazioni, che si impongono al governo per non essere lasciate impunite. Anche chi scrive si è già attirato una certa disapprovazione per le proprie idee. Si sarebbe potuto aspettare di andare incontro a correzioni e indicazioni pratiche, ma ciò non è successo, vi sono stati invece soltanto dubbi e insinuazioni riguardanti la sua conoscenza della questione e la capacità di esporre le proprie opinioni.

L'autore è molto riconoscente a questi signori per la condiscendenza con cui, perlomeno, non gettano ombre sulla sua onestà finanziaria e lealtà politica e, forte di tale privilegio, si permette di cercare ancora una volta di esporre ciò che gli è noto sugli ebrei, nella speranza che non sia superfluo per giudicare la loro questione.

La terza parte di queste note, la seguente, presenta la realtà quotidiana della vita ebraica, com'è a osservarla senza pregiudizi e con criterio.

[...] È molto più difficile dare una definizione precisa di somma moralità che basarsi su quella dei comandamenti. L'eroico spesso dipende dal caso, e il sacro e il buono per propria natura sono sempre modesti e sfuggono agli elogi e al rumore.

L'antica cronaca di Flavio e la storia stessa dell'assedio di Gerusalemme da parte di Tito testimoniano sufficientemente che allo spirito degli ebrei non sono alieni l'eroismo e il coraggio, che giungono fino a un'audacia stupefacente; ma là gli ebrei si battevano per la propria indipendenza nazionale. Le severissime critiche all'ebraismo spesso affermano che gli ebrei dovrebbero difendere con pari abnegazione gli interessi delle nazioni in cui abitano, senza badare se queste nazioni li trattano come una madre o come una matrigna, o addirittura come una matrigna cattiva. Ovviamente è una pretesa inusitata che non sarà mai soddisfatta da nessuno. Eppure gli ebrei nella loro attuale situazione hanno più volte dimostrato una notevole devozione per gli stati di cui si considerano cittadini. Abbiamo visto soldati ebrei tra le file dell'esercito francese in Crimea, e là si sono comportati con forza e con coraggio; all'assedio di Parigi da parte delle truppe prussiane non pochi ebrei si sono distinti per la devozione alla causa patriottica della Francia, e la letteratura e la società di questo paese non solo non hanno negato i loro meriti, ma anzi li hanno sbandierati con soddisfazione e riconoscenza.

I patrioti dell'ultima insurrezione polacca nei loro organi di stampa all'estero per molto tempo hanno elogiato il comportamento valoroso degli ebrei in quel momento critico per gli insorti. I polacchi hanno ricordato anche i grandi apporti finanziari degli ebrei e la loro partecipazione personale all'insurrezione. Data la grande disorganizzazione, era necessaria molta abnegazione a fronte di poche speranze di vittoria.

Naturalmente dal punto di vista russo non si tratta di un'azione lodevole; è però significativo che l'ebreo sia disposto a sacrificarsi per la patria di individui di altre religioni con cui convive. Gli basta non esserne offensivamente respinto.

Riteniamo che l'ebreo in Russia si dimostrerebbe un ottimo patriota anche in Russia se a volte questa non manifestasse un'intolleranza, offensiva per qualsiasi suddito di altra stirpe e inutile e anzi nociva allo Stato.

Tale insensibilità si è manifestata nelle derisioni che hanno accolto l'uscita di saggi che testimoniavano il coraggio e la fedeltà al dovere dell'onore militare dei soldati ebrei nelle formazioni russe pubblicati da organi di stampa russo-ebraici.

Cosa c'è di male che un giornale ebraico riferisca sugli ebrei che si sono comportati da bravi soldati? Che Dio ce ne conceda, e renda onore al giornale ebraico per avere ricordato agli ebrei gli esempi buoni, e non quelli cattivi. Non è così? E invece un giornale russo ha deriso e mortificato gli esempi entusiasmanti con sospetti molto offensivi.

Così non si attira e non si corregge la gente, ma la si respinge e la si guasta ancora di più.

E analogamente vengono derise anche molte altre iniziative ebraiche per stringere amicizia con i russi e, con benevolenza, anche per fondersi completamente con loro. Di ebrei del genere ce ne sono moltissimi, tutti ne conoscono.

Ed è comprensibile che ci siano anche ebrei che non amano la Russia: è difficile ardere d'amore per chi continua a respingerti. È anche difficile prestare il servizio militare obbligatorio per un paese che giudica pregiudizialmente inutile l'apporto degli ebrei e che ritiene che il loro valore e la loro morte sul campo non meritino neanche una buona parola. Quando ai soldati russi viene ricordato il proverbio «solo un cattivo soldato non spera di diventare generale», è offensivo dire ai soldati ebrei accanto nella fila: «voi invece siete ebrei, la cosa non vi riguarda...»

E, dopo questa meravigliosa prova di eloquenza militare, portano nel vivo della battaglia il russo pieno di speranze accanto all'ebreo a cui le hanno tolte tutte...

Non si sa di che cosa meravigliarsi di più: se della mancanza di tatto o dell'ingiustizia che ci si permette solo in Russia.

Tutto questo non può suscitare altro che una cattiveria nascosta e segreta, ma inconciliabile... E invece, con grande meraviglia, gli ebrei russi offesi non nutrono sentimenti del genere. Che la Russia si rivolga a loro come una mamma, e non come una matrigna, e loro saranno disposti a dimenticare subito tutto il peso che hanno subìto in passato e ne saranno buoni figli.

Calcolando il valore delle offerte volontarie a favore dell'educazione e della beneficenza, tutti sanno che i capitalisti ebrei in Russia non occupano certo gli ultimi posti. Tuttavia, a nostro avviso, ha molta più importanza la beneficenza degli ebrei a favore di altri ebrei. I numerosi nemici dell'ebraismo ripetono infatti instancabili la stessa tiritera: «un giudeo dà sempre una mano a un altro giudeo» e «il giudeo è attirato dal giudeo».

Tutto questo è più o meno vero.

È quasi impossibile indicare un'altra nazionalità dove la compassione per i propri simili sia grande e attiva come nell'ebraismo. I nemici degli ebrei dicono: «ce l'hanno nel sangue, ce l'hanno nelle vene». Sì, questo è giustissimo, e su questo conto possiamo non desiderare e non andare a cercare nessun'altra testimonianza. Ma l'inimicizia è cieca e spesso fa dire assurdità, come è successo in questo caso.

Ambienti ostili rimproverano agli ebrei che il loro altruismo si limita ai connazionali e non si estende agli altri. Un giornale antigiudaico tedesco si è di recente arrampicato sugli specchi partorendo questo esempio: come si comporterebbe un ebreo che all'estero (a Lisbona) incontrasse due concittadini, di cui uno solo ebreo, che hanno bisogno del suo aiuto, potendone aiutare uno solo?

«Quale dei due sceglierebbe?» domanda il gionale antigiudaico, e subito risponde sicuro che l'ebreo preferirebbe aiutare l'ebreo. L'esempio è stato ripreso con entusiasmo da noti giornali russi e ripetuto in mille modi come argomentazione forte contro il carattere ebraico.

Già è strano da ascoltare, questo esempio, perché ricorda l'indovinello per bambini su come si fa a trasportare con una sola barca un lupo, una capra e un cavolo, ed è ancora più strano leggere gli sproloqui in merito.

In primo luogo, c'è ebreo ed ebreo, perciò una mente lucida non può generalizzare e dire con sicurezza come si comporterebbe qualsiasi ebreo. È possibile, naturalmente, che si dia il caso inventato dal pubblicista tedesco, ma ce n'è un altro ancora più probabile. Per esempio, il viaggiatore ebreo potrebbe concedere il proprio aiuto al più degno di compassione. Se invece questi due malcapitati fossero indifferenziabili, come può accadere solo nelle fiabe, il viaggiatore ebreo (che in questo caso incarnerebbe tutto il popolo ebraico) che desse la preferenza all'ebreo non si comporterebbe in modo riprovevole. Se non altro, così ci induce a pensare l'autorità cristiana dell'apostolo, che ingiunge di preoccuparsi prima di tutto degli «affini per fede».

Lo stesso giudizio dovrebbe dare un patriota russo che, con la sua concezione estrema dell'appartenenza a un popolo, pretende che si facciano preferenze di ogni genere a vantaggio dei soli russi. Sì, proprio, non invocano la parità di diritti, ma le preferenze. Sono pretese espresse da uomini intelligenti come il compianto Û. O. Samàrin e da molti altri nemmeno paragonabili a Samàrin. Tutti questi pensatori pretendono che si facciano "preferenze" per i russi in virtù della loro origine geografica, e nessuno li biasima per questo. Per un ebreo, invece, è biasimevole amare un ebreo e provare pena per lui. Perché?.. O l'apostolo cristiano non ha detto bene, incitando gli uomini a preoccuparsi prima dei propri simili che degli eterodossi?

In questo discorso, sembra di parlare con persone che non tengono in conto né le Scritture, né la forza Divina che unisce in nome della fede, del sangue e della lingua.

Averne rabbia equivale a adirarsi con Dio, che ha deposto la sua simpatia nel cuore dell'uomo.

Ma c'è dell'altro.

All'egoismo personale di un uomo viene contrapposto l'altruismo. La somma e più compiuta rappresentazione di altruismo viene indicata fondamentalmente nella dottrina cristiana, che incita ad «amare il prossimo tuo come te stesso»... Una levatura sì e no raggiungibile, ma che può anche superare il limite: «morire per gli uomini» come è morto Cristo, evidentemente, significa superare questo limite, significa amare quelli per i quali si muore più di sé stessi. Tuttavia i dotti divulgatori del cristianesimo hanno precisato che l'amore per il prossimo non deve essere trascuratezza per sé stessi: per esempio, nessuno deve sacrificare la propria dignità per amore del prossimo. Nessuno ha il diritto di abbassarsi fino a fare propri i vizi altrui. Gli ebrei lo sanno da tempo e hanno fatto qualcosa per proteggere i propri simili da tutto ciò che, secondo la loro concezione, non va bene degli altri. Gli ebrei, per esempio, amano il lavoro, sono parsimoniosi, estranei allo sperpero, all'ozio, alla pigrizia e all'ubriachezza, mentre tutti sanno che questi vizi sono molto diffusi tra gli altri popoli. Quasi ovunque gli ebrei si sforzano di proteggere le proprie famiglie da questo genere di seduzioni. L'ubriacone preferisce che gli altri bevano con lui, il giocatore che giochino, il peccatore che si vada con lui da una peccatrice; ma è bene non consolare queste persone con l'arrendevolezza. Eppure, stupefacentemente, questa cautela degli ebrei viene considerata non un merito, ma una colpa. Viene considerata motivo per segregare e detenere e isolare gli ebrei. Per amore dei popoli in mezzo ai quali vivono, gli ebrei dovrebbero assorbire tutti i loro vizi; ma tale competizione non sarebbe giustificata né dalla morale cristiana, né da vantaggi economici dei popoli che pretendessero tali manifestazioni d'affetto.

L'ebraismo non propende a un altruismo del genere, ma nemmeno il cristianesimo dei primi tre secoli.

In nome dell'altruismo si sono sacrificate non poche personalità del mondo ebraico tanto quanto i cristiani. Questi uomini hanno cercato e cercano di raggiungere i propri obbiettivi con vari percorsi, a volte legali, a volte illegali, cosa che negli ultimi tempi è divenuta molto frequente e diffusa. In primo luogo conosciamo gli ebrei filosofi e umanisti divenuti famosi sia per la nobiltà delle idee sia per la vita devota, di fatica e di privazioni. C'è poi un gruppo di altruisti – non ancora ben definito – che hanno scelto un percorso tragico, a volte addirittura furioso. Spessissimo è un percorso di errori, discendenti però non da convinzioni egoistiche, ma da sforzi dell'intelligenza ardente di «procurare la maggiore quantità possibile di felicità al numero maggiore possibile di uomini». Stiamo parlando degli ebrei socialisti. La loro attività non è giustificabile dal punto di vista dell'esperienza razionale, ed è illegale, ma discende comunque da convinzioni altruistiche e non egoistiche, e lo portiamo a esempio soltanto in questo senso. Chi si comporta così non è un grande egoista.

Detto questo, bisogna ancora aggiungere che gli ebrei di quest'ultima tempra si condannano a morte sicura a vantaggio non della stirpe ebraica, alla quale appartengono per sangue ma, a quanto credono, di tutta l'umanità, quindi anche dei cittadini dei paesi dove agli ebrei non viene riconosciuta parità di diritti umani...

È difficile concepire un sacrificio maggiore.

Postfazione

In questo volume vengono accostate due opere di Leskóv in apparenza lontane tra loro. La prima, *L'angelo sigillato*, è un racconto del 1873 e ha per tema le vicissitudini di un gruppo di vecchiocredenti[1]. La seconda, *L'ebreo in Russia*, è un saggio del 1883 sull'antisemitismo. Che cosa le accomuna?

Leskóv conduce un'esistenza ai margini: della società, della letteratura, della politica. Educato all'onestà e alla modestia, autodidatta, il suo talento artistico viene scoperto per caso, da un conoscente del suo datore di lavoro Scott, a cui sono capitate in mano per caso lettere di lavoro, relazioni da zone sperdute dell'impero russo inviate da Leskóv. Da questo primo lettore casuale sono venuti i consigli a impegnarsi nella letteratura, e quindi i primi racconti. Già quindi come scrittore, Leskóv ha avuto una formazione sui generis. Non si tratta di un intellettuale, di un pensatore o di un attivista sociale che decide di prestarsi alla letteratura, ma di uno *scrivente*, di un tecnico della scrittura che passa dalla stesura di relazioni settoriali al racconto.

Analogamente, per quanto riguarda la fonte, la materia prima delle sue opere, non si tratta delle ricerche di un intellettuale che, come voleva lo slogan dei populisti russi, è «andato nel popolo» per conoscerlo, ma dell'esperienza di una persona che faceva parte del popolo (anche se non del popolo minuto, essendo di estrazione piccoloborghese) e che, per lavoro, con il popolo passava tutto il proprio tempo. Pertanto, il materiale della sua prosa artistica non se l'è dovuto andare a cercare, ma lo aveva già accumulato in modo non artificioso, frutto di esperienze di primissima mano. Sentiamo Leskóv stesso dall'autobiografia:

Quando mi è capitato di leggere per la prima volta le *Memorie di un cacciatore* di I. S. Turgénev, mi sono messo a fremere tutto per la veridicità della rappresentazione e ho capito subito cosa vuol dire arte. E tutti gli altri, tranne il solo Ostróvskij, mi sembravano artificiosi e falsi. Pìsemskij stesso non mi piaceva, mentre le prediche pubblicistiche sul fatto che bisogna studiare il popolo non le capivo proprio e non le capisco nemmeno adesso. Il popolo bisogna semplicemente conoscerlo come la propria vita, senza analizzarlo, ma vivendolo. Io, grazie a Dio, lo conoscevo, il popolo, lo conoscevo dall'infanzia e senza nessuno sforzo né fatica; e se non sempre sono stato in grado di rappresentarlo, ciò va quindi attribuito a incapacità.[2]

La purezza di questo approccio e l'onestà intellettuale che rasenta l'ingenuità, il rispetto delle microrealtà popolari e l'assenza di tesi da dimostrare hanno impedito a Leskóv di trovare una nicchia confacente al suo talento nel mondo letterario degli anni Sessanta, vero e proprio campo di battaglia letterario-politica tra occidentalisti e slavofili, tra nichilisti e conservatori. Nel libro nero delle "sinistre" viene messo per aver pubblicato il romanzo *Nékuda* [In nessuna direzione], sul nichilismo, mentre gli ambienti conservatori non hanno in simpatia il fatto che continui a creare personaggi – secondo loro – indegni di rappresentare lo spirito nazionale russo: bislacchi, non schierati, emarginati dalla società, come Leskóv era emarginato dal mondo letterario, essendogli chiuse le porte di quasi tutte le riviste. La prima edizione di qualsiasi opera letteraria in Russia è – allora come ora – l'edizione sulle spesse riviste che ospitano in ogni numero, a caratteri minuti e su più colonne, a volte anche un terzo o mezzo romanzo. Solo in un secondo tempo, se il riscontro del pubblico e della critica è positivo, viene fatta la pubblicazione in volume.

Al margine del mondo

La galleria dei personaggi dei racconti di Leskóv è quindi una galleria di marginali. *Il bue muschiato*, fin dal titolo, fa capire che l'aspetto del protagonista non corrisponde ai canoni della bellezza classica. Rifiuta il matrimonio, rifiuta la carriera ecclesiastica, girovaga, finisce a lavorare presso dei vecchiocredenti che gli insegnano la calligrafia sacra ma, non riuscendo a darsi pace, deluso dalla corruzione che regna ovunque, pone fine ai propri giorni.

Il bellissimo racconto *Lady Macbeth in provincia di Mcensk* racconta di Ekaterìna Izmàjlova, una donna giovane di bassa estrazione sociale che sposa un mercante. Neanche questo personaggio sta al gioco e, pur di vivere secondo la propria natura, non esita a macchiarsi di più di un omicidio. Le vicende, tratte da un fatto di cronaca, vengono narrate come una vera e propria cronaca: non c'è presa di posizione, ma semplice rendiconto dei fatti, come se fosse una delle vecchie relazioni al datore di lavoro Scott. Impostazione che non viene invece seguìta da Dmìtrij 1ostakóvic, che dal racconto ha tratto l'opera in quattro atti e nove quadri *Katerìna Izmàjlova* (ultima versione 1962). In questo libretto la protagonista viene raffigurata in chiave positiva, come un'eroina popolare che riesce a liberarsi del marito-padrone.

Un altro marginale è il fabbro protagonista di *Il mancino (storia del mancino strabico di Tula e della pulce d'acciaio)*. Incaricato di compiere un'opera prodigiosa per lo zar, riesce a mettere i ferri a una pulce microscopica prodotta dagli artigiani inglesi. Sulle prime, il suo lavoro è troppo raffinato perché gli altri lo possano notare. Quando infine viene riconosciuto il suo grande talento, la fine che fa è comunque brutta, triste, privo di soddisfazione, dimenticato anche dallo zar. In questo racconto è fondamentale lo stile di Leskóv, il famoso *skaz*. Le vicende vengono narrate riproducendo fedelmente – da bravo "isografo" nel senso etimologico – la parlata popolare dei personaggi e del novellatore.

Un altro bislacco è Ivàn Flâgin nel *Pellegrino incantato*, che considera un'arte artigianale «il mistero della veggenza nell'animale». I testoni, i bislacchi, gli ossessionati, i maniaci, i geni incompresi e i pellegrini modesti di Leskóv non si lasciano raccontare da uno scrittore, ma si raccontano da soli. Il "popolo" di Leskóv si narra in prima persona e il lettore si trova ad ascoltare la viva voce del novellatore. Lo scrittore Leskóv, artigiano che opera con l'occhio, con l'anima e con la mano, lascia che altri artigiani – fabbri, "connesséri", isografi – creino un mondo capovolto, dove l'unica normalità è la creatività povera, dove paradossalmente l'unico normale è il diverso, vuoi perché ebreo, vuoi perché "giusto", vuoi perché onesto e fedele allo zar. È una visione del mondo di stampo protestante, come quella dei padroni inglesi nell'*Angelo sigillato* e, in questo, Leskóv fu fortemente influenzato da Scott. Probabilmente Leskóv avrebbe aderito anche formalmente al protestantesimo, se non fosse stato per il forte legame che sentiva con certi aspetti del rito ortodosso, in particolare l'isografia e il canto liturgico, entrambi molto presenti nell'*Angelo sigillato*. Proprio questi aspetti ritualistici e musicali hanno ispirato il compositore

Rodión 1cedrìn (1932-), che ha costruito intorno al racconto un'omonima composizione assai interessante per coro e flauto, basata sui testi in slavo ecclesiastico dei cori liturgici che vengono intonati nel racconto[3]. Ritengo che tra le condizioni ottimali di lettura dell'*Angelo sigillato* figuri il simultaneo (o preventivo) ascolto dell'opera di Ŝedrìn.

Non è un caso che anche i vecchiocredenti dell'*Angelo sigillato* siano artigiani, e marginali. Mark, il narratore interno, si presenta subito dichiarando: «sono artigiano costruttore in pietra, sono stato cresciuto nella vecchia credenza russa» (ossia sono un vecchiocredente), come se le due qualità, mestiere e fede, fossero intrecciate. «La città sta sulla riva destra, scoscesa, mentre noi stavamo sulla riva sinistra, quella coi prati, quella in disparte [...]». Il fiume Dnepr serve quindi a separare simbolicamente la riva della città – quella dove ha sede la chiesa istituzionale – dalla riva "in disparte", marginale, dove stanno i vecchiocredenti, ma anche il padrone inglese, protestante, comprensivo. La città vera e propria è assai più "fondata", ma anche più pesante di quella alternativa: «e così è nata accanto alla grande città ben fondata la nostra cittadina leggera su palafitte».

Questi due mondi sono inconciliabili da secoli, né vengono fatti tentativi per porre fine al dissidio fino al 1863, quando il ministero dell'istruzione incarica Leskóv di indagare sulle scuole clandestine dei vecchiocredenti, per vedere se si può fare qualcosa per sanare la secolare spaccatura in seno all'ortodossia russa. Leskóv si identifica con gli artigiani sia in quanto marginali sia in quanto costruttori del simbolico ponte tra le due rive: gli artigianigiusti stanno costruendo un ponte che, dalla loro riva dello Dnepr, condurrà alla città. Questo ponte, che alla fine del racconto, non ancora ultimato, verrà "miracolosamente" varcato da Lukà, simboleggia il ponte che Leskóv stesso, con tutta la sua opera, ha cercato di costruire durante la sua vita tra il "centro" della società e le "isole" di minoranze o diversità. Ha cercato di farsi interprete, di farsi ambasciatore degli abitanti delle "isole", di volta in volta gli artigiani giusti, i vari tipi strani come Odnodùm nel racconto omonimo o Ivàn Flâgin nel *Pellegrino incantato* e infine, nel saggio del 1883 presente in questo volume, la minoranza ebraica. Ma come avevano vissuto gli ebrei in Russia prima di allora?

Gli ebrei in Russia

Nella Russia propriamente detta gli ebrei non sono mai andati: sono stati inglobati nell'impero russo quando questo annesse territori non propriamente russi, sottraendoli specialmente alla Polonia. Perciò i primi provvedimenti sugli ebrei non riguardano la Russia, ma le province periferiche dell'impero.

Nel 1727 Caterina I cacciò gli ebrei dall'Ucraìna, ma nel 1728 concedette loro un permesso di soggiorno provvisorio per il commercio all'ingrosso. Nel 1734 Anna Ioànnovna permise loro di commerciare al dettaglio, ma nel 1740 furono espulsi dall'Ucraìna. Nel 1742 Elisabetta proibì loro il soggiorno anche provvisorio, perché odiavano «il nome di Cristo Salvatore» e, quando il senato chiese l'abolizione di tale divieto – negli interessi del commercio e degli introiti statali –, la sovrana dichiarò: «dai nemici di Cristo non desidero introiti».

Con l'annessione della Bielorussia, densamente popolata di ebrei, sorse la necessità di definirne lo status. Nel 1786 un ukaz stabilì che gli ebrei di condizioni economiche pari a quelle degli «altri» godevano degli stessi diritti, ma solo nelle province periferiche dell'impero. Nel 1791 si stabilì che potevano risiedere nelle province di Ekaterinoslàv e Tavric per promuovere lo sviluppo economico in quelle nuove regioni dell'impero. Si venne così formando il principio della *certà osédlosti* [zona di residenza], in base al quale in certe regioni gli ebrei godevano di pari diritti, mentre in altre risiedere era per loro reato.

Dal 1794 al 1817 i mercanti e gli artigiani ebrei dovettero pagare tributi doppi, mentre dal 1796 vennero esonerati dal servizio militare in cambio del pagamento di cinquecento rubli per recluta, come già avveniva per i mercanti non ebrei.

Nel 1799 Paolo I concesse loro la residenza in Curlandia, dove vivevano già duecento anni prima che la regione venisse annessa all'impero. Nel 1800 vennero istituiti i lavori forzati per gli ebrei che non pagavano imposte da tre anni. Nel 1802 Alessandro istituì un comitato per regolamentare la vita degli ebrei, di cui faceva parte anche il poeta Deržàvin.

Nel 1804 agli ebrei venne dato accesso agli istituti superiori di tutta la Russia, e quindi alla laurea. Gli artigiani ebrei delle regioni un tempo appartenenti alla Polonia che si trovassero a non avere abbastanza lavoro potevano trasferirsi nelle meno popolate province meridionali e sudorientali con un sussidio del tesoro, il che attesta le condizioni di miseria in cui vivevano le masse ebraiche. Come misura contro l'alcolismo, agli ebrei venne vietata la vendita di alcolici. In séguito a queste risoluzioni furono deportati 60.000 ebrei poveri. Nel 1809 tali misure furono riconosciute inefficaci contro l'alcolismo.

Nel 1817 vennero istituiti incentivi per la conversione degli ebrei al cristianesimo: esonero dal servizio civile e militare e dalle tasse per vent'anni e assegnazione di terre. Nel 1825 venne abolito il sussidio di trasferimento nel sud e venne vietata la residenza entro le cinquanta verste dai confini.

La politica di Nicola I (1825-1855) fu improntata all'assimilazione degli ebrei, conseguita perlopiù grazie al servizio di leva, previsto ogni anno per diecimila maschi dai dodici ai trentacinque anni. Nel 1836 990 famiglie ebraiche accettarono di trasferirsi in Siberia per la colonizzazione. Nel 1837 la colonizzazione ebraica fu limitata per timore di un'eccessiva concentrazione di ebrei in Siberia. Nel 1844, date le condizioni di miseria nelle "zone di residenza", agli ebrei fu concesso di chiedere terreno demaniale per la coltivazione, che però fu distribuito in modo lento e parziale.

Dal 1861 gli ebrei che ne avessero il titolo poterono accedere alle cariche dello stato ovunque, e dal 1859 i mercanti della prima gilda poterono trasferirsi ovunque. Nel 1879 tale diritto venne esteso a tutti gli ebrei laureati, agli infermieri, alle levatrici, ai dentisti e ai farmacisti.

In séguito alla maggiore liberalizzazione degli anni Sessanta, gli ebrei usarono sempre più la lingua russa abbandonando lo yidish, e lo studio del talmud venne mantenuto soltanto dai sacerdoti.

Nel 1881 scoppiarono inaspettatamente varie rivolte antiebraiche a Elizavetgràd, Kiev, Ekaterinoslàv, Odessa, Bàlta, Varsavia ecc, i cosiddetti *pogróm*, letteralmente "distruzione". Nel 1882, in séguito ai pogróm, vennero introdotte altre limitazioni, tra cui la quota massima del 5% per la presenza di medici e infermieri ebrei nell'esercito.

In questo contesto si inserisce la commissione a Leskóv del saggio sugli ebrei. Lo stesso tipo di incarico che nel 1863 gli era stato dato in merito ai vecchiocredenti (indagare su usi e costumi, stabilire il grado di nocività, vagliare possibilità di mediazione), vent'anni dopo gli venne assegnato a proposito degli ebrei.

Gli ebrei in Leskóv

Leskóv lavorò nell'arco di quasi tutto il 1883 al saggio *L'ebreo in Russia*, che in dicembre fu stampato, sottoposto alla censura, in 50 copie non destinate alla vendita, senza indicazione dell'autore[4]. Nel 1919 Gessen, dopo averne trovato fortunosamente il manoscritto, pubblicò a Pietrogrado il saggio in 60.000 copie, che però non fu mai accolto in alcuna antologia di opere di Leskóv[5]. È stato finalmente pubblicato nel 1990 come opuscolo a sé stante con la prefazione di Lev Ànninskij.

L'approccio iniziale di Leskóv alla questione ebraica è molto cauto, evidentemente perché il destinatario dell'opera, la commissione governativa, è pieno di pregiudizi, e quindi l'autore ripercorre lentamente tutte le tappe della scoperta del mondo ebraico, accompagnando passo passo il lettore. Leskóv inizialmente finge di condividere col lettore tutti i più diffusi pregiudizi sugli ebrei («Esaminiamo i danni arrecati dall'ebreo nei luoghi in cui vive; sarà così evidente cosa può di minacciare di fare in un altro luogo in cui chiederà di andare.»), però, ogni volta che affronta un singolo pregiudizio, è preso da qualche dubbio: e se non fosse fondato? Questo dubbio, espresso con ostentata ingenuità, come se insorgesse nella mente di chi scrive nel momento stesso in cui viene manifestato per iscritto, e poi però confermato dai numerosi, puntuali fatti che vengono addotti a riprova della fondatezza del dubbio, sembra ogni volta distruggere il pregiudizio *malgrado* la volontà dell'autore, quasi con suo stupore.

Si tratta di un caso di mediazione unilaterale, in cui al lettore viene richiesto uno sforzo minimo per seguire le argomentazioni che gli vengono proposte: tutta la distanza che intercorre tra il pregiudizio e i dati oggettivi la percorre l'autore, due volte: la prima a ritroso, per fingere di identificarsi con i portatori di tali pregiudizi, e la seconda nel senso opposto, accompagnando per mano il lettore verso il dissiparsi delle nubi dell'oscurantismo.

Che vi sia un parallelo tra il punto di vista leskoviano sui vecchiocredenti e sugli ebrei in Russia è abbastanza evidente. Nel racconto *Odnodùm* (1879) saltano all'occhio le affinità culturali e sociali. Il protagonista Odnodùm ha come massima stranezza quella di avere letto tutta la Bibbia e, come se non bastasse, più volte.

«Gli viene da una sua perniciosa fantasia».

«Quindi ha una fantasia perniciosa. E in cosa consiste?»

«Ha letto tutta la Bibbia.»

«Senti, senti, che sciocco, che cosa gli è saltato in mente!»

«Sì; l'ha letta tutta fino alla noia e non la può più dimenticare.»

«Che sciocco! che se ne può fare, ormai?»

«Non se ne può fare più nulla: ormai l'ha letta tutta.»

«Possibile che sia arrivato fino a Cristo?»

«Tutta, tutta l'ha letta.»

«Allora, è finita.»

Questo dialogo surreale, che sembra uscito da un film dell'ultima fase di Buñuel, è l'elogio dell'eresia e del pensiero libero che accomuna vecchi credenti, protestanti ed ebrei nella dedizione allo studio («Marój era del tutto incolto, perfino analfabeta, che tra i vecchi credenti è fin una rarità [...]»), nell'interpretazione diretta delle sacre scritture e nell'applicazione dei loro princìpi alla vita quotidiana secondo coscienza.

In *L'angelo sigillato* vengono fatti anche dei paragoni espliciti. «Ed erano per noi queste due icone tali quali per i giudei il santuario, adornato dall'arte miracolosa di Bezalèel». Ecco che la cura che gli ebrei pongono nel trasporto del loro santuario attraverso il deserto viene paragonata a quella dei vecchiocredenti nel trasportare le loro sacre icone spostandosi da un cantiere all'altro. I vecchiocredenti in Russia si sentivano come gli ebrei in fuga dall'Egitto: inseguiti e perseguitati. «I nostri viaggi verso i lavori noi li percorrevamo con lui come i giudei nelle loro pellegrinazioni nel deserto con Mosè»

Esiste poi un altro paragone, forse più sottile, tra Bezalèel e loro, costruttori, edificatori del ponte. Dice Esodo: «Vedi, ho chiamato per nome Bezaleel [...]. L'ho riempito dello spirito di Dio, perché abbia saggezza, intelligenza e scienza in ogni genere di lavoro, per concepire progetti e realizzarli in oro, argento e rame, per intagliare le pietre da incastonare, per scolpire il legno e compiere ogni sorta di lavoro» (31:2-5). Perciò i vecchiocredenti del racconto sono colleghi di Bezaléel: e di Leskóv che sta costruendo un ponte di parole tra i due mondi, un ponte formato da quel modo di raccontare che riflette molto bene l'espressività del parlato popolare russo.

Come nel caso di Bezaléel, spesso nell'*Angelo sigillato* le citazioni dirette e indirette dalla Bibbia e dai Vangeli (compresi quelli "apocrifi") sono illuminanti, se confrontate col contesto da cui sono estratte, per capire cosa vuole suggerire l'autore per loro tramite. Per facilitare tale raffronto, ho riportato in nota, dove possibile, gli estremi dei passi citati.

Nel 1873, l'imperatrice Màr'â Aleksàndrovna, dopo la lettura ad alta voce de *L'angelo sigillato* davanti a lei e al resto della famiglia imperiale, manda a dire all'autore che desidererebbe sentire leggere il racconto da lui in persona, come pare che sia poi effettivamente avvenuto. Il ponte dunque ha tenuto, ha retto il peso della differenza di educazione e di istruzione tra l'ambiente dei marginali e la famiglia dello zar.

Naturalmente, nello squallido panorama del dibattito ideologico tra riviste letterarie, la notizia di una simile richiesta dell'imperatrice, se diffusa, avrebbe scatenato le ire dei "radicali" contro Leskóv, che sarebbe stato accusato di essere "reazionario". E invece la metafora dei costruttori, degli edificatori sembra suggerire una distinzione più originale: quella tra chi è costruttivo, creativo, e chi invece si limita a distruggere, a infangare, a screditare chiunque non sia incasellabile, non sia ascrivibile a un partito, e a bollarlo come eretico.

Un altro tratto in comune tra l'isografia dei pittori di icone e l'isografia di Leskóv è il prevalere della non serialità, della non omogeneizzazione. Dipingere un'icona è un atto unico e irripetibile e, anche se ci sono precisi modelli di riferimento, non esistono due icone uguali. Non sono oggetti mercificabili, perché altrimenti si tratta di diaboliche croste: «[...] ha grattato con l'unghia, e da un angolo è saltato via uno strato di tinta, e sotto sul fondo è disegnato un diavoletto con la coda! Ha grattato via la tinta in un altro punto, e là sotto di nuovo un diavoletto.»

Il correlativo narratologico della mancanza di serialità (non esistono due persone che parlano nello stesso modo) è il prevalere della *parole* sulla *langue*. Lo *skaz* di Leskóv è la parlata idiosincratica dei suoi personaggi, è l'isografia della parlata di persone vere, ed è probabilmente questo che ha commosso l'imperatrice: la *verità* di questi ritratti, versus l'artificiosa *veridicità* del realismo in letteratura. Ecco che inevitabilmente affiorano espressioni che non compaiono nel dizionario e che, nella traduzione, si è cercato di rendere con qualcosa di funzionalmente analogo, come nel caso di "stupendità", "paisaggio", "trattenimento", "inghilese", "ingegnatezza", "febbre trematoria", "tavola spannometrica".

I racconti sugli ebrei

Nel 1883 a Leskóv viene affidato il compito di svolgere l'indagine sugli ebrei e di stilarne poi un rendiconto anche perché ha già dedicato alcuni racconti agli ebrei. *Il collegio degli ebrei che ruzzolano* prende spunto da una discussione che si sviluppa tra russi sull'opportunità di far fare o no il servizio militare agli ebrei, perché alcuni affermano che gli ebrei sono codardi e che quindi non possono costituire una valida difesa per la patria russa. Allora un colonnello (il narratore interno della cornice aperta all'interno del racconto principale, un po' sul modello strutturale del *Pellegrino incantato*) racconta un episodio in cui, come preannuncia il titolo, alcuni soldati ebrei continuano a cadere, ciò che impedisce loro di fare il loro dovere militare. Per costringerli all'ordine, vengono sottoposti a torture di ogni tipo, finché alla fine con un ingegnoso espediente si riesce a farli smettere di cadere, e si dimostrano bravi soldati. Viene eretto un ponticello di barche su un fiume e viene ordinato loro di marciarvi sopra, e questa volta finalmente non cadono e sparano secondo gli ordini.
«Come mai non cadete?» domanda allora il colonnello.
«Mosié, là è profondo» rispondono gli ebrei»[6].

Gli ebrei, non più vili degli altri, avevano però un radicatissimo senso del dovere talmudico, che impediva loro di combattere, e facevano di tutto per opporre una resistenza passiva. Quando però non possono fare diversamente, e hanno la coscienza pulita nei confronti dei loro padri spirituali, possono concedersi di dedicarsi alle arti marziali. «Ora i nostri vedranno che non potevamo fare a meno di prestare servizio»[7]. Si noti che, anche in questo caso, un problema di incomprensione culturale viene risolto con un ponte (in questo caso di barche).

Nel 1876 Leskóv scrive *Na kraû svéta* [*Al margine del mondo*], che racconta di come un missionario fu salvato in Siberia da sicura morte da un pagano del luogo e di come arrivò alla conclusione che l'opera di conversione nel modo in cui veniva condotta non poteva non essere dannosa per gli indigeni. Gli ambienti religiosi reagirono accusando Leskóv di mancata fiducia nella possibilità di salvezza delle anime mediante il santo battesimo[8].

Alcuni anni dopo, in risposta a questa presa di posizione della chiesa ufficiale, Leskóv scrisse *Vladyčnyj sud* [*Il giudizio del metropolita*], che ha come sottotitolo "Pendant al racconto *Al margine del mondo*". Nel primo capitolo l'autore spiega che i fatti del racconto del 1876 sono perlopiù realmente accaduti[9], e che quindi eventuali critiche vanno rivolte alla realtà dei fatti, non a lui che la descrive; tra l'altro, Leskóv si basava sulla testimonianza dell'arcivescovo Nil di Âroslàvl' in persona.

In *Vladyčnyj sud* viene descritto il dramma del reclutamento dei bambini ebrei. La legge prescriveva infatti che l'età minima per entrare nell'esercito fosse di dodici anni, ma che la si poteva dedurre dall'aspetto esteriore, col risultato che bambini di setteotto anni venivano strappati alle mamme disperate e portati via. Motivo di questo atteggiamento era la conclamata maggiore facilità di convertire alla retta fede un bambino rispetto a un adolescente. I genitori poi non avevano quasi mai la possibilità di sapere dove fosse stato spedito loro figlio perciò, una volta partito militare, per loro il figlio era definitivamente perduto.

Leskóv, quando lavorava all'ufficio del reclutamento di Kiev, venne a contatto diretto con un padre disperato per avere perso il figlio in questo modo, che cercava di esprimere, in una lingua che non era la sua, una protesta estrema. Dopo una serie di peripezie e di casualità, la protesta giunge all'orecchio del metropolita Filarét, che con atto di magnanimità restituisce il figlio al padre, facendolo felice.

Lo stile. La traduzione.

Così come l'antilingua[10] è tutto apparire e niente comunicare, in Leskóv il non apparire assurge a manifesto estetico. L'autore empirico è nascosto sotto vari strati di novellatori interni. «Il discorso di questi narratori è sempre *discorso altrui* (rispetto al reale o possibile diretto discorso dell'autore), in *lingua altrui* (rispetto alla varietà della lingua letteraria, alla quale si contrappone la lingua del narratore)»[11]. Pensiamo per esempio all'uso, tra le battute di dialogo, del *verbum dicendi*: non c'è mai nessun tentativo né di evitare le ripetizioni, né di trovare sinonimi, né di insistere per esplicitare il soggetto, né di "addolcire" il tutto con avverbi o altri artifici per "muovere" il quadro e deviare l'attenzione.

«L'autore non è nella lingua del narratore e non è nella lingua letteraria normale, alla quale è correlato il racconto (anche se egli può essere più vicino all'una o all'altra), ma egli si serve e dell'una e dell'altra lingua per non affidare le sue intenzioni interamente ad alcuna di esse; [...] si serve di questo interpellarsi e dialogare delle lingue per restare, in senso linguistico, come neutro, come una terza persona [...] (anche se, forse, si tratta di una terza persona non imparziale)»[12].
Altra caratteristica è l'impiego audace delle virgolette. La loro presenza o assenza è funzionale al grado di coinvolgimento del lettore nella narrazione. Si noterà che in *L'angelo sigillato*, dopo la parentesi iniziale che fa parte della cornice (la notte di bufera nella locanda), quando comincia la narrazione di Mark Aleksàndrov, le virgolette che si sono aperte all'inizio del secondo capitolo si richiudono soltanto alla fine, per poi riaprirsi due righe dopo e richiudersi verso la fine del quinto capitolo, e così via. Ma al loro interno

si sviluppano tanti dialoghi, le cui virgolette appartengono a un ordine gerarchico inferiore.

In altri casi, il discorso diretto di un personaggio si inserisce all'interno del discorso diretto del novellatore senza virgolette, ma con un semplice "dice", come avviene nelle narrazioni orali: «[...] si è messa perfino a lamentarsi che, dice, non sono contenta nemmeno io [...]».

Normalmente, nelle edizioni tradotte di questo racconto i redattori aggiungono le virgolette in apparenza mancanti, e modificano le altre in modo da far apparire con evidenza le relazioni gerarchiche tra dialoghi. Ma è una manipolazione arbitraria. Leskóv usa il *rispetto* e l'*infrazione* delle regole ortografiche e grammaticali (virgolette, capoversi, maiuscole) a proprio vantaggio espressivo. Leskóv è come un maestro artigiano nella lavorazione dei tratti soprasegmentali, quelli che normalmente sfuggono alla trascrizione di un discorso.

Lo si vede anche nella concordanza tra i tempi verbali. Nella narrazione orale è naturale saltare da un passato a un presente storico e viceversa, e tale alternanza non deve perciò stupire nella versione italiana.

È essenziale nel lavoro di traduzione conservare intatta la struttura dei dialoghi dell'originale, senza aggiungere né togliere né modificare nemmeno la punteggiatura e l'ortografia del testo leskoviano.

A tale stile che riproduce molto fedelmente la narrazione orale, si contrappone il registro formale del saggio *L'ebreo in Russia*, un registro dettato dalla sua destinazione burocratico-ministeriale.

Bruno Osimo

Cronologia

«Mio nonno, il pope Dimìtrij Leskóv, e suo padre, suo nonno e suo bisnonno erano tutti popi nel paese di Leskì, che si trova nella provincia di Karàčev o di Trubcévsk, nella regione di Orël. Da questo paese di "Leskì" [boschetti] proviene il nostro cognome: Leskóv». Il padre, Semën Dmìtrievič Leskóv, si dedica invece al commercio e per questa sua vocazione non religiosa viene cacciato di casa «con quaranta copechi di rame che gli aveva dato la povera madre "di straforo". L'ira del nonno era tanto grande, che cacciò mio padre letteralmente senza nulla, senza nemmeno un tozzo di pane sotto il caftano.»[13] Comincia allora a fare il mentore per i figli dei nobili di Orël e provincia. Una delle sue allieve diventerà sua moglie.

1830 Semën Dmìtrievič chiude un'attività commerciale nel Caucaso e, con cinquemila rubli in banconote, va ad Orël e sposa una sua ex allieva sedicenne, ricevendo per lei in dote "promessa" altri cinquemila rubli – sempre, s'intende, in banconote.

172

1831 «Sono nato il 4 febbraio nel paese di Goróhovo della provincia di Orël, dove viveva mia nonna, della quale allora era ospite mia madre. Era una proprietà meravigliosa, allora assai ben organizzata e ricca, dove si viveva da signori. Apparteneva a Mihaìl Andréevič Stràhov e ora è ancora dei suoi discendenti. Era una famiglia numerosa, e si viveva alla grande, addirittura nel lusso.» Lo scrittore era il maggiore di sette fratelli.

1839 Il padre del futuro scrittore vende le sue proprietà. Il tenore di vita della famiglia ha un crollo.

1848 Dopo una carriera – onesta, e quindi poco redditizia – di funzionario per il ministero delle finanze, muore Semën Dmìtrievič Leskóv. Nikolàj Semënovič, interrotto il ginnasio, prende impiego nel posto già appartenuto al padre.

1849 Si trasferisce a Kiev, dove vive lo zio professore di medicina. Qui, a margine della carriera di impiegato addetto al reclutamento, assiste ad alcune lezioni universitarie in varie discipline. Impara l'ucraino e il polacco, legge molto e si appassiona a Gógol' e Ševcénko. Sposa Ól'ga Vasìl'evna Smirnóva, figlia di un mercante.

1857 Lascia l'impiego pubblico per mettersi alle dipendenze dell'inglese Scott, suo zio acquisito, amministratore dei vastissimi possedimenti dei Naryškin e dei Peróvskij, come agente di commercio. Per conto di Scott viaggia da un capo all'altro della Russia, stando strettamente a contatto col popolo. Accumula grandi quantità di materiale che gli sarà utile per la futura attività di scrittore. Scrive relazioni

a Scott esprimendo anche le proprie impressioni. Un vicino di Scott, Selivanov, comincia ad apprezzare attraverso queste lettere le doti di scrittore di Leskóv.
1860 Sulle riviste specializzate «Sovreménnaâ medicìna» [Medicina contemporanea] e «Ukazàtel' èkonomìčeskij» [Indice economico] cominciano a uscire articoli di Leskóv in cui si denunciano alcuni malcostumi della pubblica amministrazione: bustarelle, basso livello culturale degli impiegati, assurdità burocratiche ecc.
1861 Si trasferisce a Pietroburgo e comincia a collaborare con le riviste più importanti, tra cui «L'ape del nord», di orientamento liberale. Tra i dirigenti della rivista è Artur Benni, socialista moderato, sospettato dai radicali di spiare per la polizia segreta. Nei primi due anni di vita pietroburghese Leskóv pubblica vari articoli.
1862 Lascia la moglie, che in séguito verrà riconosciuta psicolabile. Un articolo di Leskóv, in cui invita la polizia a fare accuse precise, anziché incolpare genericamente tutti gli studenti per gli incendi scoppiati in città, viene manipolato e ritorto contro l'autore, accusato di considerare davvero colpevoli gli studenti. Leskóv comincia a ricevere lettere minatorie. «L'ape del nord» viene considerata un covo di controrivoluzionari e Leskóv porterà per sempre il marchio d'infamia di «traditore della rivoluzione», marchio che denuncia la superficialità e il conformismo regnanti negli ambienti intellettuali e politici del periodo.

1863 Il ministero della Pubblica istruzione gli dà l'incarico di indagare sulle scuole clandestine gestite dai vecchiocredenti, in vista di una politica di maggiore tolleranza da parte dello stato. Il materiale servirà per l'*Angelo sigillato*. Escono il racconto *Il bue muschiato*[14] e la lunga novella *La vita di una donna*. Nel *Bue muschiato* si descrive la figura di un seminarista, di un "giusto", che si sacrifica per difendere le idee in cui crede, andando controcorrente e senza partire da pregiudizi intellettuali o teorici.

1864 Esce *Senza direzione*, romanzo contro il nichilismo rivoluzionario che per decenni gli attirò le critiche degli ambienti radicali.

1865 Così come in *Vita di una donna* Leskóv analizzava la situazione personale ed affettiva di una serva della gleba, in *Lady Macbeth in provincia di Mcensk* ripete l'esperimento con una donna della classe dei mercanti. Conosce Katerìna Bùbnova, da cui avrà il figlio Andréj.

1866 In *La guerriera* affronta il tema della prostituzione. Vedendosi impossibilitato a collaborare con le riviste "di sinistra", si rivolge a «Graždanin», «Russkij vestnik», «Russkij mir», pur non trovandosi d'accordo con la linea di questi periodici conservatori. *Gli isolani*

1867 Comincia la stesura di *I credenti del duomo*. Muore prematuramente Dudyškin, redattore degli «Otečestvennye zapiski» e suo sostenitore nella rivista.

1869 Tempi antichi al villaggio di Plodomàsovo

1870 Polemico coi populisti è *Un uomo enigmatico*, che narra dello stesso Artur Benni che era al centro di *Senza direzione*. Esce *Ai ferri corti*.

1871 Esce Riso e amarezza.

1872 Esce *I credenti del duomo*, che affronta il tema del "giusto", sviluppato poi in *L'angelo sigillato*. Vi si assiste tra l'altro alla lotta perdente del protopope contro la burocrazia ecclesiastica e poliziesca.

1873 Dostoévskij recensisce positivamente *I credenti del duomo. L'angelo sigillato* esce sul «Rùsskij véstnik» del conservatore Katkóv, che risolleva le sorti economiche di Leskóv

1874 Il ministero della Pubblica istruzione, su richiesta di Katkóv, gli offre un posto modesto. Scrive il romanzo *Una famiglia decaduta*, che causa la rottura delle relazioni con Katkóv a causa delle divergenze sul tema della nobiltà. Katkóv commenta la separazione: «Non c'è da rammaricarsi: non è certo dei nostri». Grande successo dell'*Angelo sigillato* – nonostante la stroncatura di Dostoévskij – per la prima volta nella vita di Leskóv, che però non ha più punti di riferimento editoriali ed è isolato. Propone il *Pellegrino incantato* al «Graždanin», ma viene respinto.

1875 Al margine del mondo; Gli anni dell'infanzia

1876 Volontà ferrea

1877 Il pope non battezzato; Il giudizio del metropolita

1878 Piccolezze della vita di un arciereo

1879 Esce *Odnodùm*, del ciclo dei racconti dei giusti.

1880 Si rivolge ad Aksàkov per pubblicare *Il mancino*.

1881 Esce *Il mancino*; Leskóv scrive una breve autobiografia «a ricordo della mia personalità, se può interessare a qualcuno. Questi appunti possono essere interessanti in quanto dimostrano col mio esempio che nella mia epoca uomini non preparati alla letteratura hanno potuto ricevere un posto per quanto modesto, ma non dei più insignificanti tra gli attivisti letterari del periodo».

1882 Il rammendatore; Il collegio degli ebrei che ruzzolano

1883 Il governo dà a Leskóv l'incarico di indagare sulle cause dei pogróm. Ne risulta il saggio *L'ebreo in Russia; L'artista del toupé*, racconto d'infanzia di una vecchia nânâ sul teatro ai tempi della servitù della gleba. Esce sul «Hudožestvennyj žurnal». I liberali, sono più moderati di dieci anni prima, perciò questo piccolo capolavoro sullo sfondo storico della servitù viene considerato troppo radicale.

1886 Il miglior pellegrino, La leggenda del cristiano Fëdor e del suo amico ebreo Abramo

1887 *La sentinella*; anche grazie alla conoscenza con Lev Nikolàevič Tolstój, gli ultimi anni della sua vita vedono Leskóv uscire dall'isolamento e pubblicare un'antologia di tutte le opere.

1888 Il coscienzioso Danila, Il buon peccatore

1889 Primo attacco di stenocardia. La sua vita diviene più spartana, sana e casalinga.

1891 I nottambuli

1892 Gli improvvisatori, Valle di lacrime

1893 Grazia amministrativa, Il recinto del bestiame

1894 *Giornata invernale; L'ammenda di lepre; I vagabondi ispirati*, pubblicato sull'«Istoričeskij vestnik», accorpa le storie di tre vagabondi in tre secoli diversi.
1895 Muore di angina pectoris

Riferimenti bibliografici

Anninskij, Lev, *Leskovskoe ožerel'e* [La collana di Leskóv], 2ª ed., Kniga, Moskvà 1986.

Anninskij, Lev, «Neslomlennyj. Povest' o Leskove» [Non sopraffatto. Povest' su Leskov], in *Tri eretika* [Tre eretici], Kniga, Moskvà 1988:229-351.

Anninskij, Lev (1990), *Leskóv, čitaemyj segodnâ* [Leskóv letto oggi], in Leskóv, Nikolaj Semënovič 1883-1990.

Bachtin, Mihail, *Estetica e romanzo*, a cura di Clara Strada Janovič, Einaudi, Torino 1979 [*Voprosy literatury i èstetiki*, Hudožestvennaâ literatura, Moskvà 1975].

Benjamin, Walter, «Il narratore. Considerazioni sull'opera di Nicola Leskóv», in *Angelus Novus. Saggi e frammenti*, traduzione di Renato Solmi [*Schriften*, 1955], Einaudi, Torino 1962:247-274.

La Bibbia di Gerusalemme, a cura di F. Vattioni, Edb-Borla, Bologna 1974.

Calvino, Italo, «Introduzione» a Fiabe italiane raccolte dalla tradizione popolare durante gli ultimi cento anni e trascritte in lingua dai vari dialetti da Italo Calvino, Einaudi, Torino 1956, 2ª ed., 1971, 2 volumi, volume 1:XIII-XLII.

Calvino, Italo, «L'antilingua», in «Il Giorno», 3 febbraio 1965, ripubblicato in *Una pietra sopra. Discorsi di letteratura e società*, Einaudi, Torino 1980:122-6.

Cazzola, Piero, 'Barbarismi etimologici' e 'parlata di sfoggio' dei personaggi di Nikolaj Semënovič Leskov e G. G. Belli, in «Comparatistica», numero 2, 1990.

Ejhenbaum, Boris e Gromov, Pëtr, *Nikolaj Semënovič Leskóv (Očerk tvorčestva)* [Nikolaj Semënovič Leskóv (Compendio delle opere)], in Nikolaj Semënovič Leskóv, *Sobranie sočinenij v odinnadcati tomah* [Opere scelte in undici volumi], Hudožestvennaâ literatura, Moskvà 1956-1959.

Leskóv, Andréj, *Žizn' Nikolaâ Leskova po ego ličnym, semejnym i nesemejnym zapisâm i pamâtâm* [La vita di Nikolaj Leskov sulla base degli scritti e dei ricordi personali, familiari e non familiari], Hudožestvennaâ literatura, Moskvà 1984, 2 volumi.

Leskóv, Nikolaj, *Židovskaâ kuvyrkollegiâ* [Il collegio degli ebrei che ruzzolano], in *Sočineniâ Nikolaâ Semënoviča Leskova* [Opere di Nikolaj Semënovič Leskóv], Marks, volume XVIII, Sankt-Peterburg 1889:140-168.

Leskóv, Nikolaj, *Vladyčnyj sud* [Il giudizio del metropolita], in *Sočineniâ Nikolaâ Semënoviča Leskova* [Opere di Nikolaj Semënovič Leskóv], Marks, Sankt Peterburg, volume XXII, 1889:55-113.

Leskov, Nikolai, *Lady Macbeth of Mtsensk and other stories*, a cura di David McDuff, Penguin, London 1987 [Il bue muschiato, Lady Macbeth in provincia di Mcensk, L'angelo sigillato, Il saltimbanco Pantalone, Giornata invernale].

Leskóv, Nikolaj, *Evrej v Rossii. Neskol'ko zamečanij po evrejskomu voprosu* [L'ebreo in Russia. Alcuni rilievi sulla questione ebraica], Kniga, Moskva 1990 (1ª ed. 1883).

Lihačëv, D. S., *Osobennosti poètiki proizvedenij Nikolaâ Semënoviča Leskova* [Peculiarità della poetica delle opere di Nikolaj Semënovič Leskóv], in *Leskov i russkaâ literatura*, Nauka, Moskvà 1988:12-20.

Nastol'nyj ènciklopedičeskij slovar' [Dizionario enciclopedico], a cura di A. Granat e Co., 8 volumi, Vasil'ev e Co, Moskvà 1900-1901:1635a-1640a.

Pochlëbkin, *Il liquore che venne dal freddo. Storia della vodka*, trad. di B. Osimo, Slow Food, Bra 1995.

La Sacra Bibbia, ossia l'antico e il nuovo testamento, trad. di Giovanni Diodati, Deposito di sacre scritture, Roma 1920.

Tunimanov, V. A., «Žizn' i trudy Nikolaâ Leskova» [Vita e opere di Nikolàj Leskov], in *Sočineniâ v treh tomah* [Opere in tre volumi], Hudožestvennaâ literatura, Moskvà 1988, volume 1:5-38.

«Vangelo dello Pseudo-Matteo», in *I Vangeli apocrifi*, a cura di Marcello Craveri, Einaudi, Torino 1990:63-111.

Weinreich, Uriel, *Modern English-Yiddish Yiddish-English Dictionary*, YIVO Institute for Jewish Research, New York 1990.

Riferimenti discografici

Ŝedrin, Rodion, *Zapečatlënnyj angel, Horovaâ muzyka po Nikolaû Semënoviču Leskovu dlâ smešannogo hora a cappella so svirel'û (flejtoj)* [L'angelo sigillato. Musica per coro da Nikolaj Semënovič Leskov per coro misto a cappella con svirel' (flauto)], Melodiâ, Moskvà 1989, SUCD 10-00004.

Šostakovič, Dmitrij, *Katerina Izmailova*, opera in quattro atti e nove quadri dal racconto di Leskov *Lady Macbeth in provincia di Mcensk*, Melodiâ, Moskvà s. i. d., LDC 2781021/2/3.

Traduzioni italiane di opere di Leskóv

L'angelo sigillato, traduzione di Ettore Lo Gatto, Stock, Roma 1925.

Il brigante d'Ascalona (Un avvenimento nel carcere di Erode), traduzione di A. Polledro, Carabba, Lanciano 1927.

La donna bellicosa, a cura di Margherita Silvestri-Lapenna, Slavia, Torino 1929 [La donna bellicosa, Il pecorone, Lo spauracchio, Un artista del tuppé].

Il segreto dell'alfiere, traduzione di C. Lussi e A. Pitta, Sonzogno, Milano 1933 [Il segreto dell'alfiere, L'orso].

Il viaggiatore incantato, a cura di Bruno del Re, Bompiani, Milano 1942.

L'angelo sigillato, a cura di Bruno del Re, Bompiani, Milano 1946 [L'angelo sigillato, Lo spauracchio].

Il pecorone, traduzione di Piero Cazzola, Frassinelli, Torino 1946.

La pulce d'acciaio, traduzione di Piero Cazzola, Frassinelli, Torino 1946 [Il mancino, Lo scacciadiavolo, Un piccolo errore (Il segreto di una famiglia moscovita), La voce della natura, Monsieur Lepoutant il rammendatore, Viaggio con un nichilista].

Una famiglia decaduta, traduzione di Dante di Sarra e Leo Longanesi, Longanesi, Milano 1946.

La rapina e altri racconti, a cura di Bruno Del Re e Ettore Lo Gatto, Bompiani, Milano 1948.

Il meglio di Nicola Leskov, traduzioni di Dante di Sarra, Leo Longanesi, Vittoria De Gavardo, Longanesi, Milano 1953 [Una famiglia decaduta, La pulce d'acciaio, Una Lady Macbeth del distretto di Mtsensk, Lo scacciadiavolo].

Il mancino di Tula ed altri racconti, traduzione di Piero Cazzola, Paravia, Torino 1961 [Il mancino, Malania testa di montone, Lo sciocco, La fiera, Viaggio con un nichilista, Il rublo perpetuo, La voce della natura, Storia di Fjodor il cristiano e del suo amico Abramo l'ebreo].

I preti di Stargorod. Cronaca, traduzione di S. Molinari, Rizzoli, Milano 1962 [*Soborâne*].

L'angelo suggellato, traduzione di Piero Cazzola, Bona, Torino 1962 [con testo russo].

Caterina Ismailova, opera in 4 atti e 9 quadri dal racconto *Una Lady Macbeth del distretto di Mcensk*, Ricordi, Milano 1963.

Romanzi e racconti, a cura di Ettore Lo Gatto, Mursia, Milano 1963 [Il clero del duomo, Una stirpe decaduta, Il pecorone, Una Lady Macbeth del distretto di Mcensk, Una donna battagliera, L'aquila bianca, L'angelo suggellato, Il pellegrino ammaliato, Lo scacciadiavolo, Il mancino, Un artista del tuppé, La belva, L'alessandrite, Lo stupidello].

Il viaggiatore incantato e la belva, traduzione di Bruno Del Re e Ettore Lo Gatto, introduzione di Leone Ginzburg, Bompiani, Milano 1965.

Il viaggiatore incantato, traduzione di Tommaso Landolfi, con un saggio di Walter Benjamin, Einaudi, Torino 1967.

Novelle, a cura di Piero Cazzola, Utet, Torino 1969.

Il viaggiatore incantato, L'angelo sigillato, traduzione di Ettore Lo Gatto, Garzanti, Milano 1973.

I racconti dei giusti, a cura di Piero Cazzola, Utet, Torino 1981. [Il pecorone, L'angelo suggellato, Il pigmeo, Odnodum, Šeramur, L'uomo di sentinella, Figura].

L'artista del toupet, traduzione di L. Sellerio Dominici, Sellerio, Palermo 1984.

La rapina, traduzione di Piero Cazzola, Utet, Torino 1985.

Gli isolani, a cura di Piero Cazzola, Clueb, Bologna 1986.

Un fantasma nel castello degli ingegneri, introduzione di Piero Cazzola, traduzioni di Piero Cazzola e Giovanna Zucconi, L'argonauta, Latina 1986 [Un fantasma nel castello degli ingegneri, Lo spirito di Madame de Genlis, Un piccolo errore, Viaggio con un nichilista].

Una Lady Macbeth del distretto di Mtsensk, traduzione di V. De Gavardo, Passigli, Firenze 1987.

Il mancino, traduzione di Severio Reggio, Raduga, Moskvà 1987.

Agli estremi limiti del mondo, Il monastero dei cadetti, a cura di Marcello Garzaniti, Coletti, Roma 1988.

Una lady Macbeth nel distretto di Mcensk, traduzione di Laura Brandolini, Polena, Milano 1989.

Il mancino. Storia del fabbro mancino e strabico di Tula e della pulce d'acciaio, Aktis, Piombino 1990.

I racconti di Leskov, a cura di Daniela Cattaneo e Anna Vicini, Paoline, Torino 1992 [La bellissima Aza, Il taglialegna gradito a Dio, Il leone del monaco Gerasimo, Il retto Danilo, Il saltimbanco Pantalone].

Il pope non battezzato. Un avvenimento incredibile, a cura di Janna Petrova e Alberto Meschiari, L'argonauta, Latina 1993.

L'angelo sigillato. Il viaggiatore incantato, traduzione di Luigi Vittorio Nadai, introduzione di Pia Pera, Garzanti, Milano 1994.

Il viaggiatore incantato, traduzione di Tommaso Landolfi, Adelphi, Milano 1994.

Una famiglia decaduta, a cura di Flavia Sigona, Fazi, Roma 1996.
Il pellegrino incantato. Il mancino, a cura di Bruno Osimo, Milano 2014. ISBN 9788898467136.

Note

1)   Movimento religioso che ha avuto inizio nel 1656, due anni dopo la pubblicazione, da parte del patriarca Nikon, di una versione corretta dei libri per le preghiere che, copiatura dopo copiatura, avrebbero contenuto vari errori. Una delle usanze che si volevano correggere era il segno della croce fatto con due dita (anziché con tre). In séguito allo scontento provocato dalla riforma, nel 1656 il concilio degli arcierei presieduto da Nikon condannò chi non volesse sottomettersi alle nuove regole. Seguì una campagna di sequestro delle vecchie edizioni di libri di preghiere. Alcuni però occultarono copie dei libri sacri non riformati e le custodirono gelosamente, e in alcune chiese soprattutto di Mosca prima, e di campagna poi, si continuava a seguire il vecchio rito. Si formò così lo scisma, i cui principali esponenti erano popi e protopopi, come il famoso Avvakum. Il concilio del 1666, tenuto su richiesta dei nostalgici del vecchio rito, pur condannando Nikon confermò la sua riforma, sostenuta anche dallo stato e dallo zar Alekséj. Ne seguirono sollevazioni, tra cui quella del monastero Solovéckij durò ben dieci anni. Alcuni boiari simpatizzarono per il movimento, e la boiara Morózova e la principessa Urusova morirono in prigione a causa della persecuzione. Per sfuggirvi, molti vecchiocredenti si trasferirono in zone sperdute e contribuirono molto alla colonizzazione della periferia dell'impero. Si formarono quindi villaggi (*skity*), come quello di Pàmva descritto nel racconto, alla guida dei quali stava inizialmente un pope. Ma il numero dei sacerdoti aderenti al vecchio rito è andato diminuendo, perciò molti *skity* sono rimasti totalmente nelle mani dei laici. Questi *skity* sono divenuti, per esigenze di sopravvivenza e di contropropaganda, centri di apprendimento della calligrafia artistica, dell'arte dell'isografia [voce greca, che alla lettera significa "scrittura uguale", e che in slavo antico indica l'arte di riproduzione fedele delle icone] antica, del canto ecc. e, in seguito, anche dell'arte tipografica, sempre clandestina tranne nel periodo del regno di Ekaterìna II. All'epoca in cui si ambienta il racconto, in Russia i vecchiocredenti, comprendendo tutti gli

appartenenti alle varie sette, erano più di otto milioni, ossia circa un decimo della popolazione complessiva.

2) A. Leskóv 1984, vol. 1:39-47

3) Ŝedrin 1989.

4) Leskóv 1990:4.

5) Ibidem:5.

6) Leskov 1889, volume 18:167.

7) Ibidem:168.

8) Ibidem:55.

9) Ibidem:56.

10) «Caratteristica principale dell'antilingua è quello che definirei il "terrore semantico", cioè la fuga di fronte a ogni vocabolo che abbia di per se stesso un significato, come se "fiasco" "stufa "carbone" fossero parole oscene, come se "andare" "trovare" "sapere" indicassero azioni turpi. Nell'antilingua i significati sono costantemente allontanati, relegati in fondo a una prospettiva di vocaboli che di per se stessi non vogliono dire niente o vogliono dire qualcosa di vago e sfuggente». Calvino 1980:122-3.

11) Bachtin:122.

12) Ibidem:123.

13) Questa e le successive citazioni autobiografiche sono tratte da A. Leskóv 1984, vol. 1:39-47.

14) Ignoro il motivo per cui il titolo Ovcebyk sia sempre stato tradotto in italiano "pecorone". Si tratta dell'Ovibos moschatus, di dimensioni leggermente inferiori al bue domestico, corna ripiegate all'ingiù e aria scontrosa.

15) San Vasìlij è il 1° gennaio.

16) Ossia come i vecchiocredenti.

17) Sia qui, sia in L'ebreo in Russia, si parla di "giudei" e di "ebrei" a seconda che in russo siano state usate le parole "iudei-žid" o "evrei". Vedere anche la nota 69.

18) La rìza, o oklàd, è la parte dell'icona ricoperta d'argento, intorno al viso delle figure rappresentate.

19) Icona sull'altare che raffigura Cristo con ai lati la Madonna e Giovanni Battista.

20) Festa del 1° settembre, da cui nella chiesa ortodossa si contano cicli di quindici anni.

21) Detto anche Pàlech, centro di una famosissima scuola di pittori di icone.

22) Tóroci, o tóroki, termine che indica i raggi, la corrente, o il flusso raffigurati nelle icone presso le orecchie per simboleggiare la capacità di ascolto del santo.

23) Esodo, 35:40.

24) Lunga un sažen', (poco più di due metri), per le misure nelle costruzioni edili.

25) Strumento a fiato popolare russo, sorta di flauto o siringa a due canne. Per questo strumento e coro è stata composta l'opera L'angelo sigillato di Rodión Ŝedrìn (1989).

26) Dal greco analògion, tavolino inclinato per leggere in piedi nella chiesa ortodossa.

27) Fino all'inizio del Settecento, la chiesa ortodossa russa usava un sistema di indicazione delle note senza pentagramma e con segni simili a ganci che non è stato ancora completamente decifrato. Anche in questo i vecchiocredenti si sono attenuti alla tradizione.

28) La cornucopia. Amaltea è la ninfa che nutrì Zeus.

29) Il vaso d'elezione per antonomasia è San Paolo, scelto da Dio per la propagazione della fede.

30) Animale dell'immaginario popolare.

31) In 2 Corinti, 6:15, Beliar è il diavolo.

32) «Il vostro agnello sia senza difetto, maschio, nato nell'anno». Esodo, 12:5.

33) Yiddish.

34) Moglie di Erode Filippo, ma concubina di Erode Antipa, tetrarca di Galilea, provocò la morte di Giovanni Battista, che aveva detto: «Non ti è lecito tenere la moglie di tuo fratello» (Marco, 6:18).

35) «Stringendovi a lui, pietra viva, rigettata dagli uomini, ma scelta e preziosa davanti a Dio, anche voi siete impiegati come pietre vive per la costruzione di un edificio spirituale [...]» 1 Pietro, 2:4-5.

36) Probabilmente si tratta di una citazione da scritti sacri della chiesa ortodossa.

37) L'idropisia.

38) «Cercate il bene e non il male, / se volete vivere [...]». Amos:5:14.

39) «O Dio della mia lode, non tacere; / poiché la bocca dell'empio e la bocca di frode si sono aperte contro di me; hanno parlato meco con lingua bugiarda [...] Costituisci il maligno sopra di lui; / e fa che Satana gli stia alla destra.» Salmi, 109:1-6.

40) Importante centro per l'isografia nel Settecento e nell'Ottocento.

41) Simón Fëdorovic Ušakóv (1626-86), Andréj Rublëv (1360-70-1430), Paramša o Paramšin, isografo del Trecento.

42) «Custodiscimi come pupilla degli occhi [...]». Salmi, 17:5.

43) L'arcangelo Michele, descritto come «gran principe» in Daniele, 12:1.

44) Preziosismo popolaresco per "inglese". Cfr. anche Leskov, Il mancino. Il pellegrino incantato, Frassinelli 1998.

45) Ivàn il Minaccioso (Ivàn IV), più noto come Ivan il Terribile.

46) Canto liturgico russo basato su Genesi 37.

47) Titolo di una raccolta esistente in Rus' fino al Settecento, considerata eretica dal 1551.

48) «Avete preso con voi la tenda di Mòloch, / e la stella del dio Refàn, / simulacri che vi siete fabbricati per adorarli! / Perciò vi deporterò al di là di Babilonia.». Atti, 7:43.

49) Qui, ovviamente, per "cattolico" si intende "universale".

50) Mentre in Genesi, 2:7 si dice: «allora il Signore Dio plasmò l'uomo con polvere del suolo e soffiò nelle sue narici un alito di vita e l'uomo divenne un essere vivente», in Isaia non vi sono passi simili.

51) Che assiste al parto di Maria secondo Pseudo-Matteo, 3.

52) «Fra i volatili terrete in abominio questi, che non dovrete mangiare, perché ripugnanti: [...] il gabbiano [...]». Levitico, 11:13-19.

53) Invenzione leskoviana per "microscopio". Cfr. anche Leskov, Il mancino. Il pellegrino incantato, 2014.

54) Il pianeta Venere.

55) «Ivi berrai al torrente e i corvi per mio comando ti porteranno il tuo cibo». 1Re, 17:4.

56) «Abramo [...]contemplò dall'alto Sodoma e Gomorra e tutta la distesa della valle e vide che un fumo saliva dalla terra, come il fumo di

una fornace». Genesi, 19:27-8. «Il monte Sinai era tutto fumante, perché su di esso era sceso il Signore nel fuoco e il suo fumo saliva come il fumo di una fornace: tutto il monte tremava molto». Esodo, 19:18.

57) Canto che precede la lettura delle Sacre Scritture.

58) Canto liturgico nel quale i due cori si uniscono al centro della chiesa.

59) Dal 1791 al 1917, nella "čertà osédlosti" [zona di residenza] gli ebrei potevano superare la quota massima di popolazione che era loro assegnata nelle altre aree del paese. La zona comprendeva alcune province dell'impero solo al di fuori della Russia vera e propria: Ucraìna, Caucaso, Asia minore, Polonia, Lituania, Bessarabia, Bielorussia, Curlandia.

60) Grande monastero.

61) Villaggetti.

62) Calzature di corteccia di tiglio intrecciata.

63) Denominazione ucraìna della vodka.

64) Bevanda calda dolce alle erbe, tra i 65° e i 70° alcolici (Pochlëbkin 1995).

65) Regina di Lidia che assoggettò per tre anni Eracle costringendolo a faticare per lei.

66) La Lituania era divisa in due parti, di cui la settentrionale, sul mar Baltico, si chiamava -mud'. Fu annessa all'Impero russo nel 1795.

67) Zone paludose coperte di piccoli boschi.

68) Come in italiano esistono la parola "ebreo", neutra, e la parola "giudeo", con connotazioni spregiative, in russo esistono la parola "evréj" e "žid". Nella traduzione si mantiene questa differenza, fondamentale per capire appieno l'opera mediatrice di Leskóv.

69) Ivàn Michàjlovič Snegirëv (1793-1868) ha pubblicato Russkie v svoih poslovicah [I russi nei loro proverbi]. Vladìmir Ivànovič Dal' (1801-1872), autore anche di un fondamentale dizionario e di numerose altre opere, ha pubblicato Poslovicy russkogo naroda [I proverbi del popolo russo].

70) Vedi nota 68.

71) Gli osti venivano chiamati "celovàl'niki", ossia "esattori", in quanto per loro tramite, grazie alle tasse sulla vodka, l'erario incassava una quota significativa del gettito fiscale.

72) Ossia i pogróm.

73) Per avere subìto la violenza di Zeus sotto forma di uccello acquatico, la dea fa sì che la vendetta ricada sulla stirpe del colpevole.

74) Non è un refuso, sono gli abitanti dell'antica Rus'.

75) Vedi nota 68.

Bruno Osimo Bolle d'accompagnazione
Bruno Osimo Proposta sibillina
Bruno Osimo Ce l'hai scarico da un pezzo
Bruno Osimo Sei un vaso di fiori di campo
Bruno Osimo La scoiattola d'autunno

Semiotica

Bruno Osimo Semiotica semplice
Bruno Osimo Semiotics for Beginners
Bruno Osimo Semiotica per principianti
Lev Vygótskij, Pensiero e parola
Charles Sanders Peirce Filosofia della mente
Jurij Lotman Il testo nel testo
Jurij Lotman Le tre funzioni del testo
Jurij Lotman Autocomunicazione: «Io» e «Un altro» come destinatari
Jurij Lotman Le mie memorie 1922-1940
Jurij Lotman La semiosfera: culture
Jurij Lotman La cultura e l'intelligentnost'
Jurij Lotman Il ruolo dell'arte nella cultura
Jurij Lotman Asimmetria e dialogo
Jurij Lotman Il modello della struttura bilingue
Peeter Torop La semiotica della cultura. Introduzione alla scuola di Tartu fondata da Lotman.
Peeter Torop Biografia privata di Lotman attraverso gli autoritratti. Il discorso interno di uno studioso
Peeter Torop La transmedialità dell'autocomunicazione della cultura
Peeter Torop Sugli inizi della semiotica della cultura alla luce delle tesi della scuola di Tartu-Mosca

Opere di Gógol'

La lettera scomparsa
Notte di maggio ovvero L'annegata
La sera della vigilia di Ivàn Kupàla
La fiera di Soróčinci
Memorie di un pazzo

Opere di Solženìcyn

L'arresto. Vivere e morire ai tempi dei gulag
L'istruttoria. Torture, false confessioni, gulag

Storia delle fogne russe. Ondate di deportazione in gulag
La donna in lager. Vita quotidiana nei gulag

Opere di Čechov

Dùšečka
Zio Vanja
Tre sorelle
Il gabbiano
Il giardino dei ciliegi (L'amareneto)
L'insegnante di lettere
Dama con cagnolino: racconto
Casa con mezzanino (racconto di un pittore)
Racconto della signora X
L'isola di Sachalìn
La dacia nuova
A proposito dell'amore
I mužikì
Alle feste di Natale
Per affari di servizio
Nel baratro
Tre anni
Il duello
Ionyč: racconto
L'arciereo: racconto
La sposa: racconto
Kaštanka: racconto
Ragazzi: racconto
Principessa: racconto

Opere di Tolstój

Imparare a scrivere dai bambini
Infanzia
Non uccidere nessuno
Non posso stare zitto Contro la pena di morte
Su ciò che viene chiamato «arte»
Il Vangelo spiegato ai bambini
Il parassitismo
Sonata «Kreutzer»
Il desiderio sessuale
Religione e morale

194

Perché la gente si droga?
Perché non mangio la carne

Opere di Dostoevskij

Notti bianche
Memorie dal sottosuolo
Il villaggio di Stepànčikovo e i suoi abitanti

Opere di Leskóv

L'ebreo in Russia
Il pellegrino incantato. Il mancino
L'angelo sigillato. L'ebreo in Russia

Opere di Bulgàkov

Comune operaia № 13
Il mago nero
Ho ucciso e altri racconti

Opere di Pùškin

Evgénij Onégin

Fiabe popolari

Sivko-burko
Fiaba su Ivàn-zarévič, sull'uccello-brace e sul lupo grigio
Vasilìsa la bellissima. La sorellina volpina. Ivàn Zarévič

Sulla traduzione

Peeter Torop Total Translation
Vlahov Florin The Translation of Realia
B., S.A. Osimo Cognitive distortion, translation distortion, and poetic distortion as semiotic shifts
Bruno Osimo On Psychological Aspects of Translation
Bruno Osimo Literary translation and terminological precision: Chekhov and his short stories
Bruno Osimo Basic notions of Translation Theory

195

Bruno Osimo Translation Studies. Contributions from Eastern Europe
Bruno Osimo Handbook of Translation Studies
Bruno Osimo Juri Lotman's Translation Handbook
Bruno Osimo Dictionary of Translation Studies
Bruno Osimo History of Translation
Bruno Osimo Roman Jakobson's Translation Handbook
Bruno Osimo The Translation of Culture
Bruno Osimo Prototext-metatext translation shifts
Anton Popovič La scienza della traduzione
Peeter Torop La traduzione totale
Aleksandar Lûdskanov Un approccio semiotico alla traduzione
Vlahov Florin La traduzione dei realia
Revzin Rozencvejg Manuale di semiotica della traduzione
Jiří Levý La creatività linguistica e letteraria del traduttore
Jiří Levý Stile letterario e stile traduttivo. Come si forma il traduttese
Zuzana Jettmarová Teoria ceca della traduzione
B., S.A. Osimo Distorsione cognitiva, distorsione traduttiva e distorsione poetica come cambiamenti semiotici
Bruno Osimo Manuale del traduttore di Giacomo Leopardi
Bruno Osimo Peeter Torop per la scienza della traduzione
Bruno Osimo La traduzione totale. Spunti per lo sviluppo della scienza della traduzione
Bruno Osimo Teoria della mediazione linguistica
Bruno Osimo Traduzione come metafora, traduttore come antropologo
Bruno Osimo La memoria della cultura: traduzione e tradizione in Lotman
Bruno Osimo Traduzione e nuove tecnologie
Bruno Osimo Terminologia semiotica e scienza della traduzione
Bruno Osimo La lingua non salvata
Bruno Osimo Traduzione giuridica e scienza della traduzione
Bruno Osimo Traduzione della cultura
Bruno Osimo Traduzione letteraria e precisione terminologica
Bruno Osimo Traduzione e qualità
Bruno Osimo Traduzione: aspetti mentali
Bruno Osimo La traduzione totale di Peeter Torop

Fuori collana

Federico Bario Come batteva il tamburo
Aleksandr Ânov Le origini dell'autocrazia
Anatolij Rybakov Gli anni del grande terrore

Raffaello Giovagnoli Spartaco
Mihail Arcybašev Sangue
Mikhail Artsybashev Blood
Julija Voznesenskaja Decamerone delle donne
Solomon Volkov Pietroburgo. Storia culturale
Solomon Volkov Šostakovič e Stalin: l'artista e lo zar
Howard Rheingold Comunità virtuali
Bruno Osimo Il poeta in affari veniva da molto lontano
Bruno Osimo Esercizi di stile traduttivo
Bruno Osimo Melanzane dall'antipasto al dolce
Bruno Osimo Dizionario di psicoanalisi
Lucilla Porta, Una sorta di affetto. Romanzo
Tamara Nigi, Stazioni di transito. Haiku scritti sull'acqua
Poesia nascosta. Seicento ricette di cucina ebraica in Italia
Graziella Colonna, Memorie 1927-2024